中国古典文学
读本丛书典藏

王国维诗词选

陈永正 选注

人民文学出版社

图书在版编目（CIP）数据

王国维诗词选/陈永正选注. —北京：人民文学出版社，2023
（中国古典文学读本丛书典藏）
ISBN 978-7-02-018048-6

Ⅰ.①王… Ⅱ.①陈… Ⅲ.①古典诗歌—注释—中国—民国 Ⅳ.①I222.76

中国国家版本馆CIP数据核字（2023）第101124号

责任编辑　张梦笔
装帧设计　陶　雷
责任印制　张　娜

出版发行　人民文学出版社
社　　址　北京市朝内大街166号
邮政编码　100705

印　　刷　涿州市京南印刷厂
经　　销　全国新华书店等

字　　数　159千字
开　　本　880毫米×1230毫米　1/32
印　　张　6.5　插页3
印　　数　1—4000
版　　次　2023年6月北京第1版
印　　次　2023年6月第1次印刷

书　　号　978-7-02-018048-6
定　　价　39.00元

如有印装质量问题，请与本社图书销售中心调换。电话:010-65233595

目 录

前言 1

诗

咏史二十首(选五) 3

杂诗(三首) 7

八月十五夜月 10

题梅花画笺 11

题友人三十小像(二首选一) 12

杂感 13

书古书中故纸 14

端居(三首) 15

五月十五夜坐雨赋此 18

六月二十七日宿碛石 19

偶成二首 20

尘劳 23

登狼山支云塔 24

暮春 25

冯生 26

晓步 27

蚕 28

平生 30

偶成 31

天寒　33

欲觅　34

出门　35

坐致　36

将理归装得马湘兰画幅喜而赋此(二首)　37

颐和园词　38

读史二绝句　51

送日本狩野博士游欧洲　53

蜀道难　59

咏史(五首)　69

昔游(六首)　78

游仙(三首)　84

和巽斋老人伏日杂诗四章　88

游仙　92

海日楼歌寿东轩先生七十　93

戊午日短至　98

东轩老人两和前韵再迭一章　100

题戬山先生遗像　101

冬夜读《山海经》感赋　103

高欣木舍人得明季汪然明所刊柳如是尺牍三十一通并
　　己卯湖上草为题三绝句　107

梦得东轩老人书醒而有作时老人下世半岁矣　110

罗雪堂参事六十寿诗(二首)　112

词

好事近(夜起倚危楼)　119

好事近(愁展翠罗衾)　120

摸鱼儿(问断肠)　120

蝶恋花(独向沧浪亭外路)　122

蝶恋花(谁道江南春事了)　123

水龙吟(开时不与人看)　124

鹧鸪天(列炬归来酒未醒)　125

清平乐(樱桃花底)　126

点绛唇(万顷蓬壶)　127

点绛唇(高峡流云)　127

踏莎行(绝顶无云)　128

浣溪沙(山寺微茫背夕曛)　129

蝶恋花(阅尽天涯离别苦)　130

浣溪沙(天末同云黯四垂)　131

蝶恋花(辛苦钱塘江上水)　132

少年游(垂杨门外)　133

青玉案(姑苏台上乌啼曙)　133

浣溪沙(画舫离筵乐未停)　135

人月圆(天公应自嫌寥落)　135

卜算子(罗袜悄无尘)　136

蝶恋花(急景流年真一箭)　137

鹊桥仙(沉沉戍鼓)　138

减字木兰花(皋兰被径)　139

鹧鸪天(阁道风飘五丈旗)　140

蝶恋花(窣地重帘围画省)　141

临江仙(闻说金微郎戍处)　142

南歌子(又是乌西匿)　143

3

蝶恋花(窈窕燕姬年十五)　144

玉楼春(西园花落深堪扫)　145

蝶恋花(莫斗婵娟弓样月)　145

阮郎归(美人消息隔重关)　146

蝶恋花(昨夜梦中多少恨)　147

浣溪沙(七月西风动地吹)　148

浣溪沙(六郡良家最少年)　150

浣溪沙(城郭秋生一夜凉)　151

点绛唇(厚地高天)　151

蝶恋花(满地霜华浓似雪)　152

蝶恋花(陡觉宵来情绪恶)　153

浣溪沙(乍向西邻斗草过)　154

浣溪沙(本事新词定有无)　155

应天长(紫骝却照春波绿)　156

菩萨蛮(红楼遥隔廉纤雨)　157

浣溪沙(掩卷平生有百端)　158

清平乐(垂杨深院)　159

浣溪沙(花影闲窗压几重)　159

浣溪沙(爱棹扁舟傍岸行)　160

虞美人(弄梅骑竹嬉游日)　161

蝶恋花(春到临春花正妩)　161

蝶恋花(袅袅鞭丝冲落絮)　163

蝶恋花(窗外绿阴添几许)　163

点绛唇(屏却相思)　164

祝英台近(月初残)　165

清平乐(斜行淡墨)　166

4

减字木兰花(乱山四倚) 167

蝶恋花(冉冉蘅皋春又暮) 168

菩萨蛮(高楼直挽银河住) 169

喜迁莺(秋雨霁) 170

蝶恋花(帘幕深深香雾重) 171

蝶恋花(手剔银灯惊烓短) 172

蝶恋花(黯淡灯花开又落) 173

虞美人(碧苔深锁长门路) 174

蝶恋花(百尺朱楼临大道) 175

蝶恋花(连岭去天知几尺) 176

浣溪沙(漫作年时别泪看) 177

谒金门(孤檠侧) 178

苏幕遮(倦凭栏) 179

虞美人(杜鹃千里啼春晚) 180

菩萨蛮(西风水上摇征梦) 181

蝶恋花(落落盘根真得地) 182

浣溪沙(已落芙蓉并叶凋) 183

蝶恋花(月到东南秋正半) 184

菩萨蛮(回廊小立秋将半) 185

百字令(楚灵均后) 186

前　言

王国维(1877—1927)是中国近代的著名学者。他是一位杰出的史学家、古文字学家,也是一位杰出的文艺理论家。王国维的《人间词话》是近代最有影响的文学批评论著,作者特意用自己的艺术思想去指导创作实践,他的诗词无论在题材或风格上都颇具特色。王国维在文学创作上最大的贡献是,他把西方的哲学思想运用到诗词创作中,他的诗词表现的是前所未有的哲学境界,开创了一种新的体格,在此后一百年间,对诗词界都有着不可磨灭的影响,故王氏不失为清末民初一位独树一帜的诗词名家。

一

王国维,字静安,号永观,晚号观堂,浙江海宁人,生于清光绪三年十月二十九日(1877年12月3日)。静安先生出身于一个世为农商的家庭,十五岁中秀才后,应乡试不中,遂放弃举业,改习西学。光绪二十四年戊戌(1898)初,从海宁赴上海,在梁启超任主编的《时务报》当书记校对,为馆主汪康年司笔札。是年六月,到罗振玉所办的东文学社学习日语及理化知识。这期间,接受了"新学"和西学的影响。戊戌政变后,《时务报》被迫停办,罗氏留静安在东文学社任庶务,继续学习哲学、数学、物理、化学、英语。光绪二十七年初,赴日本东京物理学校读书,数月后,即因病辍学返国。静安对西方哲学、文学发生兴趣,专意阅读和研究康德、叔本华、尼采等人的哲学和美学著作,并从事哲学、教育学、伦理学、心理学等方面论著的译述工作。

光绪二十九年,静安受聘于南通师范学堂,任伦理学和国文教员。

三十年秋,罗振玉创设江苏师范学堂,邀静安赴苏州参加筹办工作,讲授修身、文学、历史等课程。开始致力于学术研究,撰写论文。光绪三十一年,《静安文集》初版刊行。

光绪三十二年(1906),罗振玉为学部尚书荣庆奏调入为学部参事,静安又相随入京,暂寓罗氏家中,专力治宋词元曲。次年春,由罗氏举荐,被派在学部总务司行走,以后又任学部图书馆编译、名词馆协修等职,直到1911年辛亥革命止,写成了《曲录》、《戏曲考源》、《宋大曲考》等数种整理与研究古代戏曲的著作。著名的词学著作《人间词话》,亦于光绪三十三四年间分期连载于《国粹学报》。

在诗词创作上,光绪二十九年至三十三年这五年间,静安写下他一生中最主要和最有价值的作品,即收入《静安诗稿》中的大部分诗作和《人间词·甲稿》、《人间词·乙稿》。

1911年辛亥革命爆发,静安于当年12月携眷随罗振玉东渡,寓居日本京都。1912年完成了《宋元戏曲考》这一巨著。以后尽弃前学,专治经史。从事中国古代史料、古器物、古文字学的考订工作。1916年春,应犹太富商哈同之聘回国到上海,编辑《学术丛编》杂志,继续从事甲骨文及考古学的研究。1918年,兼任哈同办的"仓圣明智大学"教授。在日本京都的五年和在上海的六年,是静安学术活动最盛的时期,写下大量有很高学术价值的论著,1922年,编成《观堂集林》二十卷刊行。同年受聘为北京大学通讯导师。

1923年春,由蒙古贵族升允推荐,召为清故宫"南书房行走",5月入北京就职,食五品俸。1924年11月,冯玉祥将溥仪驱逐出宫,静安认为是奇耻大辱,几次要投御河自杀,因家人严密监视而未果。次年,任清华大学研究院教授,讲授经史、小学,并从事西北地理及蒙古史料的整理和研究工作。1927年6月,当北伐军向北节节推进之时,静安写就遗书,谓"五十之年,只欠一死,经此世变,义无再辱",在北京颐和园昆明湖投水自尽。终年五十岁。

二

王国维的诗歌创作,大致可分为四个时期。第一期为问学江乡时期(1889—1905)。第二期为访学日本时期(1911—1915)。第三期为治学上海时期(1916—1923)。第四期为讲学北京时期(1923—1927)。

静安问学江乡时期,如饥似渴地研读西方哲学书籍,思考人生之问题。这期间的诗作,几可视为静安哲学思想的样板。作于光绪二十五年(1899)的《题梅花画箑》一诗,已为这一期的创作定下了基调:

梦中恐怖诸天堕,眼底尘埃百斛强。苦忆罗浮山下住,万梅花里一胡床。

静安的"梦"是叔本华所说的"人生是一大梦"的无穷无尽的痛苦之梦。梦与现实,真幻难辨。"面墙见人影,真面固难知。"(《来日二首》之二)尽管无法了解人生的真面目,却不得不面对这眼底污浊的"尘世",终日营营役役,不遑宁处。诗人感到生活实在没有意义,他迷惘、怀疑、痛苦,发出了绝大的疑问:

来日滔滔来,去日滔滔去。适然百年内,与此七尺遇。尔从何处来?行将徂何处?扶服径幽谷,途远日又暮。

——《来日二首》之一

痛苦来自人的自身,有生命,就有与生俱来的痛苦。人类最大的敌人还是他自己。自己总是跟自己作对,最后走上自我毁灭的道路,这是人生无法避免的悲剧。静安认为"欲",是生活中痛苦的根由。他在诗中不无悲悯地指出:芸芸众生,无不在"冥然逐嗜欲,如蛾赴寒檠"(《端居》之二),明知嗜欲如火般焚身,人们还是趋之不已。物欲,包括饮食之欲与男女之欲，都源于人的"生存意志"，即使有大智慧的"至人"，也不免"中夜搏嗜欲"（《偶成二首》之二），为物欲所役。在《冯生》一诗中，静安为人生的意志、物欲、痛苦做出生动的图解：

> 众庶冯生自足悲，真人何事困馆饩。家贫且贷河侯粟，行苦终思牧女糜。溟海巨鹏将徙日，雪山大道未成时。生平不索长生药，但索丹方可忍饥。

连"真人"也要被饮食之欲所困扰。庄周要向监河侯贷粟，释迦牟尼也因饥饿而接受牧女献奉的乳糜，世界上没有可令人"忍饥"的丹方。而性欲，则为延续物种所需，故为生命意志的最终体现。生活既然是如此苦痛，如此可悲，世人唯有寻求"解脱"之道。静安先是想逃遁眼前的一切，"苦求乐土向尘寰"（《杂感》），只好寄托于读书和艺术之中。读书是静安一生最大的乐趣，得读古今中外的奇书异籍："百年那厌读奇书"（《重游狼山寺》），"周流观石渠，蔽亏东观籍"（《偶成》）。沉浸在读书中，忘掉世间一切的烦恼和痛苦，求得直接之慰藉。艺术创作，更是诗人内心感情的升华，在美的创造中获得"最纯粹之快乐"，静安把写诗作为一种解脱之道。然而，读书和创作，只不过是暂时的解脱，深受叔本华思想影响的王国维，还想追寻终极的解脱之道："蝉蜕人间世，兀然入泥洹。"（《偶成二首》之二）泥洹，即"涅槃"，意为"寂灭"，叔本华认为最终的解脱是"进入涅槃"，求得"寂灭中的极乐"。对青年时代的静安来说，"涅槃"毕竟是难以接受的。他骨子里还是一个怀疑论者：

> 人生过处惟存悔，知识增时只益疑。
>
> ——《六月二十七日宿硖石》

这一"疑"字，使静安不至于溺而不返，但又增加了他内心的矛盾和痛苦："何为方寸地，矛戟森纵横？闻道既未得，逐物又未能。衮衮百年内,持此欲何成?"(《端居》之二)"相逢梦中人,谁为析余疑?"(《来日二首》之二)他终于放弃哲学的探求,志趣转移到文学研究上。

第二期的诗歌最重要作品有所谓"壬子三诗",即长篇七古《颐和园词》、《送日本狩野博士游欧洲》、《蜀道难》三诗。辛亥革命后,静安追随罗振玉流亡日本,怀往感今,对清王朝的灭亡无限痛惜。在《送日本狩野博士游欧洲》一诗中,静安检讨了清王朝灭亡的缘由,表现了一位史学家应有的识力:"百僚师师学奔走,大官诺诺竞圆转。庙堂已见纲纪弛,城阙还看士风变。食肉偏云马肝美,取鱼坐觉熊蹯贱。观书韩起宁无感,闻乐延陵应所叹。巾车相送城南隅,岁管甫更市朝换。嬴蹶俄然似土崩,梁亡自古称鱼烂。"清代末叶,已是纲纪废弛,官僚无耻,士风堕落,伪学流行。因王朝内部腐败而自取灭亡,静安在哀伤惋叹之馀亦感到无奈。《蜀道难》一诗则专为端方之死而发。端方是一位满族大臣,亦颇好收藏金石文物,为此静安颇有点惺惺相惜。端方在辛亥革命初起时被派往四川讨"贼",途中为所率领的新军将士所杀。端方其人其事,无论如何都不值得为之大书特书,而静安在诗中却揄扬备至,视其被杀为壮美之悲剧,则未免带有偏见了。

除了"壬子三诗"外,静安在这时期所写的诗歌亦多有政治色彩。如《读史二绝句》悲愤地指斥袁世凯强迫清帝退位并攫取政权:

楚汉龙争元自可,师昭狐媚竟如何?阮生广武原头泪,应比回车痛哭多。

不少诗句明确地表示对革命的反对态度:"烈火幸逃将尽劫,神山况有未焚书。""市朝言论鸡三足,今古兴亡貉一丘。"(《定居京都奉答铃山豹轩枉赠之作并柬君山湖南君挐诸君子》之四)"可但先人知汉腊,定谁军府问南冠。"(《壬子岁除即事》)"尽有三山沉北极,可无七圣厄襄城。"(《游仙》三首之三)此外,如《咏史》五首,借古讽今,赞美古代英

5

明的帝王而对袁世凯及其追随者深致不满。

　　第三期是静安自日本返国,寓居上海之后,与学者沈曾植过从甚密,专意研读出土文献,对古文字学、古音韵学、西北史地以及敦煌文献、金石典籍均有精深的研究,写下了大量的学术著作,这期间静安的诗往往也带有浓郁的学究味。如《冬夜读〈山海经〉感赋》则专写《山海经》中的横暴之徒如蚩尤、共工、相繇等,以此来讥刺革命党人,大似乾嘉学者以议论为诗之作。静安这时期的诗作,也受到"同光体之魁杰"沈曾植的影响,如《和巽斋老人伏日杂诗四章》,为和沈氏之作,风格亦步趋之。其一云:

　　　　春心不可搁,秋思更难量。雨蚁仍争垤,风萤倏过墙。视天殊澶漫,观化苦微茫。《演雅》谁能续,吾将起豫章。

"雨蚁"、"风萤"之语,隐含讽意,可见静安仍未忘情于政治。

　　第四期的诗多为人题咏、贺寿而作。这些诗歌或表达对清室忠悃之情,或抒发世事沧桑的哀感,特别在冯玉祥"逼宫"之后,静安的诗歌更充满彻骨的悲凉:"事去死生无上策,智穷江汉有回肠。"(《罗雪堂参事六十寿诗》之一)静安似乎对一切都绝望了。

　　王国维诗歌创作的四个时期,与作者一生经历的四个阶段是一致的。静安在《人间词话》中指出,有"诗人"之诗,有"政治家"之诗,又认为有"主观之诗人"、"客观之诗人","主观之诗人"阅世浅,性情真,"客观之诗人"阅世深,材料变化丰富。可以说,静安在第一期中是位"主观之诗人",所写的是"诗人"之诗;在第二期中是位"客观之诗人",所写的是"政治家"之诗。其实静安是一位感情与理性都极为丰厚的才人。他想为解脱"人生之问题"而从事哲学,在研究过程中,又知道哲学既有真理,也有谬误,因而内心充满着不可调和的矛盾和痛苦,发而为诗,自能以最真挚的感情来表达自己对人生的态度。静安第一期的诗作,多半是"忧生"之诗。对人生种种问题感到困惑,满怀悲悯之情,力求解脱之道,在作品中表现出一位"理想家"的"赤子之心"。在第二期中,静安创作了多首长篇古诗及组诗。辛亥革命推倒清王朝,旧的伦理道德也随着政治制度的改变而分崩离析,静安彻底放弃他曾深爱的西方哲学和小说、词曲的研究,在异国日本致力于甲骨学的开拓,取得卓越的成就。这时静安已饱历世变,他写的都是"忧世"之诗,是有为而发的,写作动机十分明确:为"兴亡"而拊膺叹息,提倡沂泗之上的孔子之道,表彰"忠节",批判篡位夺权者。在作者心目中,这些是客观的、宏壮的"史诗"。第三期的诗是"学人之诗"。以学问为诗,以经术为诗,以议论为诗,以考据为诗,如此种种,实已背离诗道,佳作已是不多了。第四期的诗则是典型的"文学侍臣之诗"。应题,应景,应命,既无诗情,复无诗意。

静安创作态度严谨,不苟作,不滥作,在清末民初,诗坛上流行着以"诗界革命"为号召的"新派诗"和以"宋诗运动"为宗旨的"同光体诗",不少诗人都受到这两大流派的影响,而王国维却能独辟蹊径,以西方文艺理论研究诗歌,并以之来指导诗歌创作,故其第一期的哲理抒情诗和第二期的长篇史诗都能取得较大的成功,在近代诗歌史上占有不容忽视的一席之位。

三

王国维的《人间词话》,是作者在继承中国古代文学理论传统的基础上,试图将西方某些美学思想融汇到传统的文艺批评中的一部重要著作。《人间词话》中的一些有关艺术特征和创作方法的论述,正是王国维进行词的创作的理论根据。欣赏静安词,应先对《人间词话》有所了解,同样地,要更深刻地研究《人间词话》,也不能不读静安词。

《人间词话》论词的核心是"境界"说,"境界"说除了包有"意境"的内容外,还强调了作家对客观世界的真切感受,把"写真景物、真感情"作为有境界的"最上"的标准。王氏又提出"不隔"之说:要求"其言情也必沁人心脾,其写景也必豁人耳目"。作品情景交融,鲜明生动,能使读者获得真切的感受。还有"有我之境"与"无我之境"之说。所谓"有我之境",是指客观景物与主观感情强烈交流时产生的境界。移情于景,融景于情,作品中的情与景互相作用,互相影响,故在客观事物的描写中带有浓厚的主观色彩。所谓"无我之境",是指作者采取"万物静观"的态度,进行"不动心"的描写,以达到"物我相忘"的境界。

《人间词话》还进一步接触到创作方法问题:"有造境,有写境,此理想与写实二派之所由分。然二者颇难分别。因大诗人所造之境,必合乎自然,所写之境,亦必邻于理想故也。"作者认为可把理想与现实统一在创作中,这论点无疑是有它的启发意义的。

王国维力图在自己的创作实践中贯彻其美学理论,一部《人间词》就是他用以宣示世人的样板。王氏颇以其词"有意境"而自矜的。下面是他自己最欣赏的两首词:

> 昨夜梦中多少恨?细马香车,两两行相近。对面似怜人瘦损,众中不惜搴帷问。 陌上轻雷听隐辚。梦里难从,觉后那堪讯。蜡泪窗前堆一寸,人间只有相思分。
>
> ——《蝶恋花》

> 春到临春花正妩。迟日阑干,蜂蝶飞无数。谁遣一春抛却去。马蹄日日章台路。 几度寻春春不遇。不见春来,那识春归处。斜日晚风杨柳渚,马头何处无飞絮。
>
> ——《蝶恋花》

《人间词话》原稿评说:"凿空而道,开词家未有之境。余自谓才不若古人,但于力争第一义处,古人亦不如我用意耳。"这些词意境新美,深刻地表现了作者的内心世界,能得风人深致。他孤寂地探索着、追求着,甘愿担荷着精神上的重压,绝不退缩,绝不反悔。此外如:"小阁重帘天易暮,隔帘阵阵飞红雨。"(《蝶恋花》)"桐梢垂露脚。梢上惊乌掠。灯焰不成青。绿窗纱半明。"(《菩萨蛮》)"风枝和影弄。似妾西窗梦。梦醒即天涯。打窗闻落花。"(《菩萨蛮》)都有鲜明优美的艺术形象,可称是有境界的名句。

真切,这是静安词的又一特色。作者主张"写真景物、真感情",力求"不隔"。静安厌弃隶事用典,好用白描手法,真切地表现客观世界和主观世界,使读者也获得真切的感受。如《蝶恋花》词:"冉冉蘅皋春又暮。千里生还,一诀成终古。自是精魂先魄去。凄凉病榻无多语。往事悠悠容细数。见说来生,只恐来生误。纵使兹盟终不负。那时能记今生否?"写情如此,方为不隔。悼亡之词,仿佛纳兰性德的情调。又如:"旋解冻痕生绿雾,倒涵高树作金光。"(《浣溪沙》)"乱山四倚。人马崎岖行井底。路逐峰旋。斜日杏花明一山。"(《减字木兰花》)"冉冉赤云将绿绕。回首林间,无限斜阳好。"(《蝶恋花》)"湿萤光大,一一风前堕。"(《点绛唇》)写景如此,方为不隔。再看这首很美丽的小词:

屏却相思,近来知道都无益。不成抛掷。梦里终相觅。
醒后楼台,与梦俱明灭。西窗白。纷纷凉月。一院丁香雪。
——《点绛唇》

真是情景交融,意境两浑。无法抛撇的相思,痛苦而无望的追求,一切,一切,都像迷离的梦。即使醒后,也如在梦中,明灭的楼台,疑真疑幻。结处更为超绝,凉月色中洁白的丁香,烘托出诗人的孤寂与怅惘。这才是静安词的最高境界。

静安词中,常含着深邃的哲理。夏承焘谓静安"以哲理入词最妙"(《夏承焘日记》1941.9.13)。这些哲理是用形象的艺术语言表达出来的,与中国传统的玄言诗和道学家诗、禅机诗等有本质上的区别。下面是他的名作《蝶恋花》词:

> 百尺朱楼临大道。楼外轻雷,不间昏和晓。独倚阑干人窈窕。闲中数尽行人小。　　一霎车尘生树杪。陌上楼头,都向尘中老。薄晚西风吹雨到。明朝又是伤流潦。

词中所写的是苦苦的相思,无望的等待,但它蕴含的意义已远远超出离愁别恨的范围,表现了"常人皆能感之,而惟诗人能写之"的"诗人之境界",有着深刻的象征意义。又如:

> 厚地高天,侧身颇觉平生左。小斋如舸。自许回旋可。
> 聊复浮生,得此须臾我。乾坤大。霜林独坐。红叶纷纷堕。
>
> ——《点绛唇》

词中所写的已不光是眼前的景物或是对时序的感叹,它唤起读者对整个世界和人生的许多联想,带有浓厚的哲学意味。这正如作者所说的:"虽比之五代、北宋之大词人,余愧有所不如,然此等大词人亦未始无不及余之处。"静安的小令,就以它所含的迥深的哲理而远出于古今人词之上:

> 阁道风飘五丈旗。层楼突兀与云齐。空馀明月连钱列,不照红葩倒井披。　　频摸索,且攀跻。千门万户是耶非。人间总是堪疑处,唯有兹疑不可疑。
>
> ——《鹧鸪天》

"人间总是堪疑处,唯有兹疑不可疑",这是我们从任何一位词人的集子中都读不到的句子。那也许是康德的"自在之物",也许是黑格尔的"绝对精神",也许还是叔本华的"意志"。王国维是善于把这些抽象的哲理用具体的形象表现出来的:"换尽天涯芳草色。陌上深深,依旧年时辙。"(《蝶恋花》)"此夜清光浑似昨。不辞自下深深幕。"(《蝶恋花》)"却向春风亭畔,数梧桐叶下。"(《好事近》)"蓦然深省。起踏中庭千个影。"(《减字木兰花》)"一片流云无觅处。云里疏星,不共云流去。"(《蝶恋花》)"辛苦钱塘江上水。日日西流,日日东趋海。"(《蝶恋花》)这些作品,思深而情苦,如《人间词·甲稿·序》所云:"若夫观物之微,托兴之深,则又君词之特色。"

我们还注意到,静安词中除三五篇咏物唱酬之作外,率皆无题。《人间词话》云:"诗之三百篇、十九首,词之五代、北宋,皆无题也,诗词中之意不能以题尽之也。"正像西方的"无标题音乐"一样。词无标题,更便于发挥语言"色彩"的表现力,使作品的意蕴更为广大而深永。

静安词颇多"造境"之语。王氏曾在《屈子之文学精神》一文中指出,南人富想象,驱此想象入诗中,则思想之游戏更为自由,感情之发表更为宛转。《人间词话》亦云:"故虽写实家,亦理想家也。又虽如何虚构之境,其材料必求之于自然,而其构造,亦必从自然之法则。"像下面这首小词:

连岭去天知几尺。岭上秦关,关上元时阙。谁信京华尘里客。独来绝塞看明月? 如此高寒真欲绝。眼底千山,一半溶溶白。小立西风吹素帻。人间几度生华发。

——《蝶恋花》

过片三句所写的境界,"可谓千古壮观",在写实之中有象喻之意,已接近于《人间词话》中所谓的"造境"了。王氏是善于把"造境"和"写境"、"理想"和"写实"融会起来的,他所造之景能"合乎自然",所写之境亦"邻于理想",如《浣溪沙》词:"山寺微茫背夕曛。鸟飞不到半山昏。上方孤磬定行云。　试上高峰窥皓月,偶开天眼觑红尘。可怜身是眼中人。"一篇小词中,所写的既有眼前实在之物,也有虚构之境,因而颇难分别何者为写境、何者为造境了,故有学人把它看成是"象征之作",其实这仍是一首优美的写景小词,只不过造境比现实更为高远罢了。

王国维词现存仅一百一十五首,其中绝大多数为小令。王氏自视极高,甚至认为自己的成就超过了五代、北宋词人和纳兰性德。作小令,不能倚仗工力,须赖作词者的性灵、情致,才可能在短小的篇幅中表现深厚的意境。静安正特意在这小小的天地中回旋,以期得到自我的面目。

王国维强调了词的"境界",强调了"高格"、"名句",而对作品的思想内容方面不免有所忽视。统观他的词作,主要有下面一些内容:

一、描述个人生活的遭遇,抒发对世界、对人生的感触。这类作品可以《浣溪沙》词为代表:

　　天末同云黯四垂。失行孤雁逆风飞。江湖寥落尔安归。
　　陌上金丸看落羽,闺中素手试调醯。今宵欢宴胜平时。

词中采用象喻的手法,以失行的孤雁不幸的遭遇与闺中的欢宴作对比,表现了人生的痛苦。内容是深刻的,感情是沉重的。词人总在咨嗟叹息:"不须辛苦问亏成,一霎尊前了了见浮生。"(《虞美人》)"掩卷平生有百端。饱更忧患转冥顽。"(《浣溪沙》)"从醉里,忆平生。可怜心事太峥嵘。"(《鹧鸪天》)他的生活中充满着矛盾痛苦,悲剧性格似乎已注定他未来的悲剧命运了。这种"忧生"、"忧世"的感情,往往通过比兴寄托的手法来表现,其"言近而旨远"、"托兴之深",有时是不容易体会得到的。

二、描写相思离别、春恨秋怀,藉以表现对家国的忠爱之情。如《清平乐》词:

　　斜行淡墨,袖得伊书迹。满纸相思容易说,只爱年年离别。
　　罗衾独拥黄昏。春来几点啼痕。厚薄但观妾命,浅深莫问君恩。

这是自屈原以来诗人们惯用的"美人香草"式的设喻,表现了所谓的"拳拳忠悃"。又如:"君似朝阳,妾似倾阳藿"(《蝶恋花》),"苑柳宫槐浑一片。长门西去昭阳殿"(《蝶恋花》)寄意也都相近。王词中还有好几首表现了"蛾眉见妒"的悲愤之情,如《虞美人》词:"碧苔深锁长门路。总为蛾眉误。自来积毁骨能销。何况真红一点臂砂娇。　妾身但使分明在。肯把朱颜悔。从今不复梦承恩。且自簪花坐赏镜中人。"尽管因自己的才华品格而招来世人的嫉妒,但抒情主人公还是倔强地坚持着初衷,决不屈服。

　　除了这两大类外,还有不少描写羁旅行役及登临吊古之作。写景抒怀,不乏佳制。也有一些悼亡词,写得哀感悲凉,摇人心魄。

　　王国维词中长调仅得九首,占全集不足十分之一。作者在《人间词话》中也声明自己"填词不喜作长调","所长殊不在是"。清季词家,多以长调见长,王氏能舍彼取此,觑定小令一路,专意为之,终能在词坛中自树一帜,不能不说是别具识力的。

　　王国维在托名樊志厚为《人间词》所作的两篇序中,点出其为词之取径:"君之于词,于五代喜李后主、冯正中,于北宋喜永叔、子瞻、少游、美成,于南宋除稼轩、白石外,所嗜盖鲜矣。"苏轼、辛弃疾词"旷"、"豪"、"狂",与静安性情不近,故其所心慕手追者,还是精于小令的李煜、冯延巳、欧阳修、秦观数人而已。静安词取径未免偏狭,内容复嫌单调,这也许是王国维美学思想中的缺陷所致吧。

王国维诗现存一百九十二首,本书选录六十九首;词现存一百一十五首,本书选录七十三首。诗部分以1940年商务印书馆版的《海宁王静安先生遗书》为底本,词部分则以王国维手稿为底本,参校其他各本,选出其中的佳篇。在正文后作"注释",进行词语注释。于其后再作"解读",简述创作背景、思想内容及创作时间。

静安先生所著诗词,融文学、哲学、美学、史学以及金石书画等多方面内容于其中,知识繁博,索解非易。选注者学殖荒浅,错漏定当难免,尚祈海内外学者方家有以教之。

诗

咏史二十首(选五)

其二

两条云岭摩天出[1],九曲黄河绕地回[2]。自是当年游牧地,有人曾号伏羲来[3]。

〔1〕两条云岭:指昆仑山脉和天山山脉。
〔2〕九曲:极言其曲折。卢纶《送郭判官赴振武》诗:"黄河九曲流,缭绕古边州。"
〔3〕伏羲:古代传说中的"三皇"之一,也称为"包牺"。《易·系辞》:"古者包牺氏之王天下也……作结绳而为网罟,以佃以渔。"
此首咏华夏先民在西北游牧时期的传说人物伏羲氏。

其四

澶漫江淮万里春[1],九黎才格又苗民[2]。即今魋髻穷山里,此是江南旧主人[3]。

〔1〕澶(dàn旦)漫:宽长、长远。
〔2〕九黎:上古部落名。《国语·楚语下》:"及少皞之衰也,九黎乱德。"韦昭注:"九黎氏九人,蚩尤之徒也。"苗民:即古苗族。《书·大禹

谟》:"三旬,苗民逆命。七旬,有苗格。"格,来,至。指臣服。

〔3〕魋(chuí垂)髻:结成椎形的发髻。古代苗族男子蓄长发,挽椎髻于头顶,插发针或木梳。

此首咏江南的土著民族。

其十二

西域纵横尽百城,张陈远略逊甘英〔1〕。千秋壮观君知否〔2〕？黑海东头望大秦〔3〕。

〔1〕张陈:谓张骞、陈汤。《汉书·陈汤传》载,陈汤为西域副校尉,率兵经温宿国、乌孙、康居,至郅支,斩单于、阏氏、太子、名王等。《汉书·西域传》:"张骞始开西域之迹。"《史记·大宛列传》载,张骞"身所至者大宛、大月氏、大夏、康居",后又为中郎将使乌孙,"分遣副使使大宛、康居、大月氏、大夏、安息、身毒、于寘、扜罙及诸旁国","于是西北国始通于汉矣。"甘英:汉和帝时西域都护班超的掾吏。《后汉书·西域传》载,和帝永元九年(97),"班超遣掾甘英,穷西海而还"。这两句意谓张、陈之谋划只不过局限于西域百城。而甘英的远略则直至西亚、欧洲。

〔2〕壮观(guàn贯):宏伟的景象。

〔3〕大秦:古国名。古代中国史书上对罗马帝国的称呼。《后汉书·西域传》载,和帝永元九年,都护班超遣甘英使大秦,抵条支。临大海欲度。又,《后汉书·西域传论》云:"其后甘英乃抵条支而历安息,临西海以望大秦。"按,条支为今伊拉克,其海边当为波斯湾。安息为波斯帝国一省,在今伊朗高原东北部。

此首咏甘英西行的远略。

其十六

晋阳蜿蜒起飞龙,北面倾心事犬戎[1]。亲出渭桥擒颉利,文皇端不愧英雄[2]!

〔1〕"晋阳"二句:李渊崛起于晋阳,终于成了真龙天子。他曾不惜低首倾心向突厥称臣。晋阳,今山西太原。隋炀帝大业十三年(617),拜李渊为太原留守。李渊于晋阳起兵反隋,攻陷长安。次年称帝。蜿蜒,屈曲貌。飞龙,《易·乾》:"九五,飞龙在天,利见大人。"孔颖达疏:"犹若圣人有龙德,飞腾而居天位。"因以喻君主。犬戎,本为古族名,即猃狁、西戎。本先秦时戎人的一支,诗中指突厥。据《旧唐书·高祖本纪》及《刘文静传》载,唐高祖李渊在太原起兵反隋,自为手启,卑辞厚礼,遣刘文静使于突厥始毕可汗,令率兵相应。刘文静对始毕说:"愿与可汗兵马同入京师,人众土地入唐公,财帛金宝入突厥。"始毕大喜,出兵二千骑,献马千匹。

〔2〕"亲出"二句:唐太宗能亲自出渭桥与颉利约盟,后又擒获颉利,他真的不愧是位英雄。颉利,东突厥可汗。文皇,指唐太宗。《旧唐书·太宗本纪》载,武德九年(626)八月,颉利引兵南下,至渭水便桥之北。唐太宗轻骑独出,与颉利盟于便桥之上,突厥军始退。贞观四年(630),唐军出塞,大破突厥军,俘颉利至长安。《旧唐书·李靖传》:"太宗初闻靖擒颉利,大悦,谓侍臣曰:'朕闻主忧臣辱,主辱臣死。往者国家草创,太上皇以百姓之故,称臣于突厥,朕未尝不痛心疾首,志灭匈奴,坐不安席,食不甘味。今者暂动偏师,无往不捷,单于款塞,耻其雪乎!'"太宗平定突厥,被尊为"天可汗"。

此首歌颂唐太宗平定突厥的功绩。

其十七

南海商船来大食[1]，西京祆寺建波斯[2]。远人尽有如归乐[3]，知是唐家全盛时。

〔1〕大食：古国名。即阿拉伯帝国。唐代大食商人来华者甚多，聚居于广州和扬州，广州设有蕃坊，以供居住。
〔2〕西京：即长安。唐以洛阳为东都，长安为西都。祆（xiān 先）寺：祆教祭祀火神的寺院。祆教，即拜火教。长安崇化坊、布政坊、醴泉坊、普宁坊、靖恭坊均建有祆寺。波斯：古国名，即今伊朗。祆教亦自波斯传来，故称祆寺为波斯寺。
〔3〕"远人"句：令远方来的人都有宾至如归之乐。
此首写唐代盛时的对外交流活动。

光绪二十四年（1898）二月，静安进入上海时务报馆任书记。三月，罗振玉开设东文学社，静安复入社学习日文。罗振玉偶然读到静安的咏史诗，中有"千秋壮观君知否？黑海东头望大秦"之句，十分欣赏。可知此组诗为罗、王二人相交之契机，罗氏因而初知静安的文学才华，加以提拔，并为赡养其家，使得专心问学。组诗当作于静安入东文学社习日文之时，即1898年3月至6月间。

杂诗(三首)

一

飘风自北来[1],吹我中庭树。乌乌覆其巢,向晦归何处[2]?西山扬颓光[3],须臾复霾雾。翛翛长夜间[4],漫漫不知曙[5]。旨蓄既以罄[6],桑土又云腐[7]。欲从鸿鹄翔[8],铩羽不能遽[9]。阴阳陶万汇[10],温溧固有数[11]。亮无未雨谋[12],苍苍何喜怒[13]。

[1] 飘风:旋风、暴风。
[2] 向晦:到黄昏时候。
[3] 颓光:犹言馀晖。
[4] 翛(xiāo 萧)翛:羽毛残破貌。
[5] 漫漫:长久貌。甯戚《饭牛歌》:"长夜漫漫何时旦。"
[6] 旨蓄:贮存的好食品。《诗·邶风·谷风》:"我有旨蓄,亦以御冬。"
[7] "桑土"句:意说,天未阴雨之时,去取桑根补好鸟巢,以备阴雨之患。桑土(dù 杜),桑根皮。《诗·七月·鸱鸮》:"迨天之未阴雨,彻彼桑土,绸缪牖户。"
[8] 鸿鹄(hú 斛):即鹄,天鹅。鸿鹄善高飞,因以喻志向远大的人。
[9] 铩羽:羽毛脱落。

〔10〕万汇:犹万类,万物。

〔11〕温溧(lì栗):暖寒。

〔12〕亮:通"谅"。

〔13〕苍苍:谓天。时静安颇不安于报馆工作,收入太少,又要学日文,进退两难,十分苦闷。

二

美人如桃李[1],灼灼照我颜[2]。贻我绝代宝[3],昆山青琅玕[4]。一朝各千里,执手涕汍澜[5]。我身局斗室[6],我魂驰天山。神光互离合,咫尺不得攀[7]。惜哉此瑰宝,久弃巾箱间[8]。日月如矢激,倏忽鬓毛斑。我诵《唐棣》诗,愧恧当奚言[9]。

〔1〕"美人"句:曹植《杂诗》:"南国有佳人,容华若桃李。"

〔2〕灼灼:鲜明貌。《诗·周南·桃夭》:"桃之夭夭,灼灼其华。"

〔3〕绝代宝:世间稀有的宝物。

〔4〕昆山:昆仑山。产玉之地。青琅玕:青色的美玉。前人认为《楚辞》中以美人为君子,以珍宝为仁义。本诗亦用此意。

〔5〕汍(wán完)澜:同"丸澜"。泪疾流貌。

〔6〕局:局限,拘束。

〔7〕"神光"二句:两人的精神欲离还合,虽然近在咫尺也不得相亲。神光,精神、神采。

〔8〕"惜哉"二句:瑰宝,特别珍贵的物品。亦以比喻杰出的人才。巾箱,古时放头巾等小物品的箱子。两句为自己怀才不遇而叹息。时静

安屡应乡试不中,又受其父责难,故精神苦闷。

〔9〕"我诵"二句:唐棣,指《诗·小雅·常棣》。常棣,即棠棣、唐棣。诗中极写兄弟之情,家庭之乐。愧恧(nǜ 衄),惭愧。末两句叹息自己作客他乡,不能与家人长聚。

三

豫章生七年[1],荏染不成株[2]。其上蠹梗楠[3],郁郁干云衢。匠石忽惊视,谓与凡材殊[4]。诘朝事斤斧[5],浃辰涂丹朱[6]。明堂高且严[7],迭荡天人居[8]。虹梁抗日月[9],菡萏纷披敷[10]。顾此豫章苗,谓为中欂栌[11]。付彼拙工辈,刻削失其初。柯干未云坚,不如栎与樗[12]。中道失所养[13],幽怨当何如?

〔1〕豫章:指樟树。

〔2〕荏染:柔弱貌。

〔3〕梗(pián 胼)楠:黄梗木与楠木。皆为大树。《淮南子·修务训》:"梗楠豫章之生也,七年而后知,故可以为棺舟。"

〔4〕"匠石"二句:能工巧匠偶然看到它,吃了一惊,说这不同于一般的树木。次日清晨便用斧子砍下来,不几天后便涂上鲜丽的红漆。匠石,《庄子·人间世》所载的名石的巧匠,善于鉴别树材的优劣。

〔5〕诘朝:翌日,清晨。

〔6〕浃辰:古代用干支纪日,自子日至亥日为浃辰,借指十二天。

〔7〕明堂:古代帝王宣明政教的地方。高、严:高峻。

〔8〕迭(dié 叠)荡:空旷无际貌。天人:神仙。亦指皇帝。

9

〔9〕虹梁:拱曲如虹的屋梁。

〔10〕菡(hàn dàn 汉淡):荷花。披敷:遍布。

〔11〕中(zhòng 众):适宜。欂栌(bó lú 薄卢):斗拱。柱上托梁的木块。

〔12〕枥(lì 砾):麻枥。一种落叶乔木。因其木理扭曲,不能成材。樗(chū 初):即臭椿。古人常以为柴薪。

〔13〕中道:半途。

静安在诗中以樟树自喻。樟树未曾长成,只能作下材之用。自伤自怨,可想见作者在《时务报》工作时的心境。

《杂诗》三首,《静安诗稿》编于"戊戌四月"。时静安初入《时务报》,并就读东文学社,接受新思想熏陶,曾阅读《读西学书法》及梁启超《农务新法》等书。报馆中工作烦杂,收入微薄,生活清苦。诗人自负才能,颇有鸿鹄万里之志,但又伤于局促斗室,不为世用。诗中流露出一位处于末世的青年学子矛盾不安的心情,在艺术上仍有模仿汉魏的痕迹。

八月十五夜月

一餐灵药便长生[1],眼见山河几变更。留得当年好颜色,嫦娥底事太无情[2]?

〔1〕灵药:指长生药。《淮南子·览冥训》:"羿请不死之药于西王母,姮娥窃以奔月。"

〔2〕"留得"二句:表面上是责备嫦娥贪恋长生而奔月,实际上是不满慈禧太后对光绪及维新人士的无情镇压。底事,何事。

此诗当作于光绪二十五年己亥(1899)。时为戊戌政变一周年,正当中秋月圆之夜,光绪帝却被囚于瀛台,维新派人士或被杀或流亡,不得团聚,故诗人所感尤深。诗谓"山河变更",暗示变法失败。

题梅花画箑[1]

梦中恐怖诸天堕,眼底尘埃百斛强[2]。苦忆罗浮山下住[3],万梅花里一胡床[4]。

〔1〕箑(shà 霎):扇子。
〔2〕"梦中"二句:梦中恐怖顿生,天空即将坠落。醒来时眼前只见重浊的尘埃。诸天,本佛教语,指众天神。诗中指天界、天空。斛(hú 壶):十斗为一斛。百斛,极言其重。静安于人世生活,常有恐惧与痛苦之感。后来他在《叔本华与尼采》一文中引巴尔善曰:"彼远离希望与恐怖,而追求其纯粹之思索,此彼之生活中最慰藉之顷也。"
〔3〕罗浮山:在广东博罗县境。古代罗浮山遍植梅花。山中有梅花村。柳宗元《龙城录》载,隋开皇中,赵师雄迁谪罗浮,一日在林间见美人淡妆素服出迎,语言清丽,芳香袭人。共饮至醉,醒后唯见大梅花树上,翠羽刺嘈,月落参横而已。诗中暗用此典。
〔4〕胡床:即交椅。

对于年轻的静安来说,现实是一场没完没了的恐怖之梦,污浊的人世,已使他厌倦了,哪里能寻得一片净土,寄托自己高洁的襟怀?罗浮山的梅花林,才是静安的理想境界。此诗作于光绪二十五年。

题友人三十小像(二首选一)

其二

几看昆池累劫灰,俄惊沧海又楼台[1]。早知世界由心造,无奈悲欢触绪来[2]。翁埠潮回千顷月[3],超山雪尽万株梅[4]。卜邻莫忘他年约[5],同醉中山酒一杯[6]。

〔1〕"几看"二句:昆池劫灰,慧皎《高僧传·竺法兰》载:汉武穿昆明池底,得黑灰,西域胡人法兰说:"世界终尽,劫火洞烧,此灰是也。"佛教认为,坏劫之末,将有劫火洞然,大千俱坏。次句写沧海桑田之感。葛洪《神仙传》载,麻姑自言曾见东海三为桑田。

〔2〕"早知"二句:我早已知道世界万象本由心生,最无奈悲欢之情还是触绪纷来。世界由心造,本佛教用语。《华严经·十地品》:"三界虚妄,但是一心作。"《古尊宿语录》卷三:"一切诸法皆由心造,乃至人天六道地狱修罗,尽由心造。"触绪,触动心绪。两句谓世界本为虚妄,而个人感情仍难抑制。

〔3〕翁埠:翁家埠。镇名。在海宁城西南三十里。为观钱塘江潮的胜处。

〔4〕超山:在海宁城西南六十里。超然独特,故名。山多梅树,有宋梅尤为著名。以上两句回忆与友人交往的情景。

〔5〕卜邻:选择邻居。向人表示愿结为邻。

〔6〕中山酒:相传产于中山的一种酒,饮之可醉千日。

此诗作于光绪二十五年。题中的友人,当为静安的少年同学。萧艾笺云:"据陈守谦《祭王静安先生文》云'予与君之订交也,在清光绪辛卯岁,君年才十五耳……'云云,陈守谦长王氏七八岁,亦好宋诗。或其人耶?"诗中回忆旧时交谊,感慨世情变化,深刻沉着,不类青年手笔。

杂感

侧身天地苦拘挛[1],姑射神人未可攀[2]。云若无心常淡淡,川如不竞岂潺潺[3]。驰怀敷水条山里[4],托意开元武德间[5]。终古诗人太无赖[6],苦求乐土向尘寰[7]。

〔1〕侧身:厕身、置身。杜甫《将赴成都草堂途中有作先寄严郑公》诗之五:"侧身天地更怀古,回首风尘甘息机。"拘挛:拘束。

〔2〕姑射(yè页)神人:《庄子·逍遥游》:"藐姑射之山,有神人居焉,肌肤若冰雪,绰约若处子。"后因以泛指仙人。诗中当以喻高洁美好的理想。

〔3〕"云若"二句:上句出陶潜《归去来兮辞》:"云无心以出岫。"下句用杜甫《江亭》诗:"水流心不竞,云在意俱迟。"诗人淡然物外,无心

13

争竞。

〔4〕敷水:水名。在陕西华阴市西,出敷谷,流入渭水。条山:中条山的省称。在山西西南部。敷水、条山,均古代隐者栖居之地。

〔5〕开元武德:开元,唐玄宗李隆基年号(713—741)。武德,高祖李渊年号(618—626)。武德先于开元,本诗因格律而倒置之。武德、开元为唐朝国力鼎盛之时,故静安亦心向往之。

〔6〕终古:自古以来,往昔。无赖:无奈。

〔7〕乐土:安乐之地。

此诗作于光绪二十五年,是静安少时的主要作品,可窥见作者的志尚。诗人苦于纷纭尘务的拘束,常欲高蹈出世,骋怀于山水之间,过着隐者生活。可惜他没有遇到武德、开元的太平时代,那就只能躲进自己营造的"乐土"中,以读书研究为终生的精神寄托。

书古书中故纸 癸卯

昨夜书中得故纸,今朝随意写新诗。长捐箧底终无恙,比入怀中便足奇[1]。黯淡谁能知汝恨,沾涂亦自笑余痴。书成付与炉中火,了却人间是与非[2]。

〔1〕"长捐"二句:捐,丢弃。捐箧底,意谓捐弃在箱箧里。比,及。此二句,意在言外。纸在箧中,始终是一张白纸,当写上诗句时,便承载了诗人的思想感情。静安一直郁郁失意,如今得到一个教职,自然心中快慰。

〔2〕"黯淡"四句:一语双关。既指纸质,亦写心境。诗人大概想跟

过去的日子来个了断吧,他并没有把写成的新诗放入怀中珍藏,反而一把火把它烧掉。沾涂,沾湿涂抹。此指写字。

光绪二十九年癸卯(1903)春,静安应张謇之邀,至南通通州师范学校任教,生活稍为平静。以后几年间,是诗人创作力量旺盛的时候,写下了大量诗词,在艺术上亦日趋成熟。"今朝随意写新诗",可见其得意之情。

端居(三首)

一

端居多暇日,自与尘世疏[1]。处处得幽赏[2],时时读异书[3]。高吟惊户牖,清谈霏琼琚[4]。有时作儿戏,距跃绕庭除[5]。角力不耻北[6],说隐自忘愚[7]。虽惭云中鹤[8],终胜辕下驹[9]。如此胡不乐,问君意何如?

〔1〕"端居"二句:交待组诗之缘起。
〔2〕幽赏:指清雅的游赏。
〔3〕异书:诗中指西方文史哲著作。
〔4〕霏琼琚:形容谈话如玉屑般霏霏而出。
〔5〕距跃:跳跃。
〔6〕北:败北,输。

〔7〕说(yuè悦)隐:喜爱隐居。

〔8〕云中鹤:比喻志趣高远的人。

〔9〕辕下驹:车辕下不惯驾车的幼马。比喻局促小器的人。

二

阳春煦万物〔1〕,嘉树自敷荣〔2〕。枳棘茁其旁,既锄还复生。我生三十载,役役苦不平〔3〕。如何万物长〔4〕,自作牺与牲〔5〕。安得吾丧我,表里洞澄莹。纤云归大壑,皓月行太清〔6〕。不然苍苍者〔7〕,褫我聪与明〔8〕。冥然逐嗜欲〔9〕,如蛾赴寒檠〔10〕。何为方寸地,矛戟森纵横?闻道既未得,逐物又未能〔11〕。衮衮百年内,持此欲何成〔12〕?

〔1〕煦(xù绪):温暖,化育。

〔2〕敷荣:开花。

〔3〕役役:劳苦不息貌。

〔4〕万物长:指人类。《书·泰誓上》:"惟人万物之灵。"

〔5〕牺:祭祀用的纯色牲畜。牲:祭祀用的一般家畜。

〔6〕"安得"四句:怎能做到我摒弃了自己,使外表和内在都清澈明朗:像微云归于大谷,明月行于太空。吾丧我,《庄子·齐物论》:"今者,吾丧我。"郭象注:"吾丧我,我自忘矣。我自忘矣,天下有何物足识哉!故都忘外内,然后超然俱得。"澄莹,澄澈晶莹。太清,指天空。四句全用庄子意。写出诗人澄明的襟抱。然诗中似亦有叔本华的"自失"的意味。

〔7〕苍苍:指天。

16

〔8〕褫(chǐ耻):夺去。

〔9〕嗜欲:嗜好与欲望。指感官享受之欲。静安《叔本华之哲学及其教育学说》谓人之本质"有一特质焉,曰生活之欲"。

〔10〕"如蛾"句:支昙谛《赴火蛾赋》:"愚人贪身,如蛾投火。"

〔11〕"何为"四句:为什么在方寸之心中,总是戈戟森严纵横交错?想要领会道理又未有所得,光去追求外物又未能做到。方寸地,指心。闻道,领略道理。《论语·里仁》:"朝闻道,夕死可矣。"逐物,追求外物。四句写精神的痛苦与矛盾。

〔12〕"衮衮"二句:本晋陶渊明《饮酒二十首》之三:"鼎鼎百年内,持此欲何成。"衮衮,大水奔流貌。形容岁月流逝。

三

孟夏天气柔[1],草木日夕长。远山入吾庐,顾影自骀荡[2]。晴川带芳甸[3],十里平如掌。时与二三子[4],披草越林莽[5]。清旷淡人虑,幽蒨遗世网[6]。归来倚小阁,坐待新月上。渔火散微星,暮钟发疏响。高谈达夜分,往往入遐想[7]。咏此聊自娱,亦以示吾党[8]。

〔1〕孟夏:初夏。

〔2〕骀(dài殆)荡:怡悦。

〔3〕芳甸:花草丰茂的原野。

〔4〕二三子:犹言诸君、几个人。《论语·述而》:"吾无行而不与二三子者。"

〔5〕披草:拨开丛生的杂草。林莽:丛生的草木。

17

〔6〕幽蒨(qiàn 倩):幽静、茂密。世网:比喻人世上礼法、习俗等对人的束缚。

〔7〕遐想:高远之想象。

〔8〕吾党:我辈。

组诗三首,作于光绪二十九年夏初。几年来尘劳鞅掌的静安,得到了一个小息的机会,读书写作,自得其乐。他在《自序》中说,是年春,读西方之社会学、名学、心理学书籍。读书之馀,或戏玩自娱,或游赏共乐。诗中表现了他的欣悦的心情。

五月十五夜坐雨赋此

积雨兼旬烟满湖[1],先生小疾未全苏[2]。水声粗悍如骄将,天色凄凉似病夫[3]。江上痴云犹易散[4],胸中妄念苦难除[5]。何当直上千峰顶[6],看取金波涌太虚[7]。

〔1〕积雨:久雨。兼旬:二十天。

〔2〕苏:苏息,恢复。

〔3〕"水声"二句:雨后的流水声像骄横的将军那般粗粝壮猛,而阴沉的天色却像衰病的人那样黯淡凄凉。两句以猛将、病夫设喻。

〔4〕痴云:停滞不动的云。

〔5〕妄念:虚妄的心念。

〔6〕何当:何时。

〔7〕金波:谓月光。借指月亮。太虚:空寂之境。指天空。

静安自幼体弱多病,他心中总是充满着人们难以理解的不安和痛苦。光绪二十八年春,得日人藤田丰八介绍,到东京留学,才四五月即患病归国。他在《自序》中说:"体素羸弱,性复忧郁,人生之问题,日往复于胸臆,自是始决计从事于哲学的研究。"秋天,他在致父王乃誉书中又谓近身体瘦弱,为系慢病,已非医治所能骤愈。诗人一直在疾病的阴影中生活,本诗正表现了他此时的心境。在艺术手法上,还是有摹拟陆游的痕迹。此诗作于光绪二十九年。

六月二十七日宿硖石[1]

新秋一夜蚊如市,唤起劳人使自思[2]。试问何乡堪着我?欲求大道况多歧[3]。人生过处惟存悔,知识增时只益疑[4]。欲语此怀谁与共,鼾声四起斗离离[5]。

[1] 硖(xiá霞)石:海宁镇名,距静安旧居所在的盐官镇约五十里。

[2] 劳人:忧伤之人。《诗·小雅·巷伯》:"视彼骄人,矜此劳人。"亦谓劳苦之人。本诗中当兼有两意。

[3] "试问"二句:试问哪一处地方能容得下我?想要寻求大道,却只见有许多歧途。着,安放,放置。多歧,语本《列子·说符》:"大道以多歧亡羊,学者以多方丧生。"静安常感到天地之大,无所容身。找不到合意的工作,不被人们所了解,精神上难寻出路。

[4] "人生"二句:人生中,每当事过后总是留下追悔;知识不断增加,也只会增多心中的疑惑。两句是静安见道之语。从叔本华知识论中得来,道尽古今学人心事。

〔5〕"欲语"两句:以他人之酣睡反衬自己的清醒。斗,斗宿。此泛指众星。离离,明亮貌。

南通师范学校在光绪二十九年四月初一正式开学。此诗作于六月二十七日,即阳历八月十九日,为学校暑假期间,静安时正返海宁度假。在船中飞蚊纷扰,一夜无寐,思绪万千。天下之大,何处是安身立命之所?回顾二十七年走过的人生道路,心中充满了怀疑和追悔。但又有谁人能理解自己呢?

偶成二首

一

我身即我敌,外物非所虞。人生免襁褓,役物固有馀〔1〕。网罟一朝作,鱼鸟失宁居。矫矫骅与骝,垂耳服我车〔2〕。玉女粲然笑,照我读奇书。嗟汝矜智巧,坐此还自屠〔3〕。一日战百虑,兹事与生俱。膏明兰自烧〔4〕,古语良非虚。

〔1〕"我身"四句:我的自身就是我的敌人,外界事物不是我所顾虑的。当人生脱离襁褓之后,就有足够的能力去役使万物了。外物,外在的事物。"人生"句,语本《列子·天瑞》:"人生有不见日月,不免襁褓者。"役物,谓役使外物为我所用。《荀子·修身》:"内省而外物轻矣。传曰:'君子役物,小人役于物。'此之谓矣。"首句为全诗之旨。以己身

为己敌。

〔2〕"网罟"四句:人们一朝制成了网罟,游鱼和飞鸟就失去了安全;那高大强健的骏马,也垂首贴耳为我拉车子。网罟(gǔ古),泛称各种罗网。服(fù负)车,驾车。服,通"负"。四句点"役物"。

〔3〕"玉女"四句:月亮仿佛像粲然而笑的仙女,照着我诵读奇书。唉,你总是这样恃着自己的聪明才智,一定会因此而毁掉自己!玉女,仙女。粲然,笑貌。奇书,诗中当指西哲的著作。矜,自恃、自夸。智巧,机谋巧诈。坐,因。自屠,自毁、自杀。

〔4〕"膏明"句:《庄子·人间世》:"膏火自煎也。"成玄英疏:"膏能照明,以充灯炬,为其有用,故被煎烧。岂独膏木,在人亦焉。"兰膏,以兰草所浸的膏油。此可作"我身即我敌"的诠释。

静安为解决人生之问题,从事哲学研究,受叔本华影响甚深。二诗可看作是叔本华非理性主义伦理观的诠释。人能役使万物,而无法摆脱自己,个体在欲望和痛苦中挣扎,只有弃世绝欲,达到涅槃境界,才是最高理想。这是研究静安青年时代思想的重要作品。作于光绪二十九年秋。

二

蠕蠕茧中蛹,自缚还自钻。解铃虎颔下,只待系者还[1]。大患固在我,他求宁非谩[2]。所以古达人[3],独求心所安[4]。翩然鸿鹄举,山水恣汗漫[5]。奇花散硐谷[6],喈喈鸣鹓鸾[7]。悠然七尺外,独得我所观。至人更卓绝,古井浩无澜。中夜搏嗜欲,甲裳朱且殷[8]。凯歌唱明发,筋力亦云单。蝉蜕人间世,兀然入泥洹〔9〕。此语闻自昔,践之良独难〔10〕。厥途果奚从,吾欲问瞿昙〔11〕。

〔1〕"蠕蠕"四句:蠕蠕,昆虫爬动的样子。自缚,《景德传灯录》卷二九:"声闻执法坐禅,如蚕吐丝自缚。"解铃,释惠洪《林间集》卷下载,法眼问大众曰:"虎项下金铃,何人解得?"无人能对。泰钦禅师至,曰:"系者解得。"四句皆用佛典。静安时探讨哲学,思想上激烈矛盾冲突,无法自解,故有此喻。

〔2〕"大患"二句:大患,《老子》第十三章:"吾所以有大患,为我有身。及我无身,吾有何患!"静安认为人类的忧患是与生俱来的。人,作为生命个体存在,即不免有大祸患。谩(mán 蛮),谎言。二语阐发上章"我身即我敌"之意。

〔3〕达人:达理之人。本诗中指庄子。

〔4〕心所安:《庄子·秋水》郭象注:"虽心所安,亦不使犯之。"成玄英疏:"惟心所安,则伤不能伤也。"

〔5〕汗漫:漫游,远游。"漫"字此作平声读。

〔6〕砌(jiàn 涧)谷:两山之间的谷道。

〔7〕喈(jiē 皆)喈:象声词。形容禽鸟的鸣声。鹓(yuān 渊)鸾:鸾凤。

〔8〕"至人"四句:至人更是超凡脱俗,他的心如古井般深静无波。中夜时跟自己的嗜欲相搏斗,仿佛鲜血染满了战袍。至人,道家指修养极高,已达无我之境的人。嗜欲,特别深的偏好。甲鍪,皮革制的战裳。殷,红色。此指血色。四句写"至人"以己为敌。

〔9〕"凯歌"四句:当清晨唱起凯歌时,他已是筋疲力尽了。便像蝉蜕般离开人间,沉沉地进入涅槃的境界。明发,清晨、黎明。单,通"殚",竭力。蝉蜕,蝉自幼虫为成虫时须蜕壳。因以喻去故就新,脱胎

换骨。《史记·屈原列传》:"蝉蜕于浊秽,以浮游尘埃之外。不获世之滋垢,皭然泥而不滓者也。"人间世,人间、人世。《庄子》有《人间世》篇。兀然,昏沉貌。泥洹,佛教语。亦译作"涅槃"。意为"寂灭"。为佛教全部修习所要达到的最高境界。末语亦叔本华所说的"进入涅槃"(《作为意志和表象的世界》第四编七十一章)。静安《叔本华之哲学及其教育学说》云:"故最高之善,存于灭绝自己生活之欲,且使一切生物皆灭绝此欲,而同入于涅槃之境。"

〔10〕"践之"句:意谓知易行难。

〔11〕瞿昙:佛教创始人释迦牟尼之姓。

尘劳

迢迢征雁过东皋,谡谡长松卷怒涛[1]。苦觉秋风欺病骨[2],不堪宵梦续尘劳[3]。至今呵壁天无语[4],终古埋忧地不牢[5]。投阁沉渊争一间,子云何事《反离骚》[6]?

〔1〕谡(sù 肃)谡:劲风声。怒涛:形容松风。

〔2〕病骨:指多病消瘦的身体。

〔3〕尘劳:本佛教用语。谓种种烦恼劳乱身心。

〔4〕呵壁:王逸《天问序》:"屈原既放,彷徨山泽。见楚有先王之庙及公卿祠堂,图画天地山川神灵,琦玮僪佹,及古贤圣怪物行事,因书其壁,呵而问之,以渫愤懑。"因以呵壁为向天责问以抒愤懑之典。

〔5〕埋忧:《后汉书·仲长统传》:"百虑何为?至要在我。寄愁天上,埋忧地下。"此谓埋忧无地,无处可排遣忧愁。

〔6〕"投阁"二句：投阁，《汉书·扬雄传赞》谓扬雄校书天禄阁，闻王莽诛甄丰，谪刘棻，恐被株连，乃投阁，几死。后有诏勿问。京师传语曰："惟寂寞，自投阁。爰清净，作符命。"沉渊，沉没于渊。指屈原自沉汨罗江中。一间(jiàn涧)，犹言"一线"，谓距离极近。子云，扬雄之字。《反离骚》，扬雄所作的赋名。《汉书·扬雄传》："(雄)又怪屈原文过相如，至不容，作《离骚》，自投江而死，悲其文，读之未尝不流涕也。以为君子得时则大行，不得时则龙蛇，遇不遇，命也，何必湛身哉！乃作书，往往摭《离骚》文而反之，自岷山投诸江流以吊屈原，名曰《反离骚》。"静安认为扬雄非屈原知己。屈原自沉，原因是问天无语，埋忧无地，内心的委屈与痛苦无法消释，只得寻求永久的解脱。王氏与屈子，颇有异代同悲之慨。

"尘劳"之意，屡见于静安诗词。厌烦污浊的尘世，更惮于肉体和精神上的烦恼和劳苦，诗人只希望得到真正的解脱，叔本华的阴影始终笼罩在他那敏感的心上。作于光绪二十九年秋。

登狼山支云塔

数峰明媚互招寻〔1〕，孤塔崚嶒试一临。槛底江流仍日夜，岩间海草未销沉〔2〕。蓬莱自合今时浅，哀乐偏于我辈深〔3〕。局促百年何足道〔4〕，沧桑回首亦骎骎〔5〕。

〔1〕招寻：招呼，召唤。
〔2〕"槛底"二句：以无尽的江流与细微的海草作对比，以见自然的

永恒与生命的短暂。

〔3〕"蓬莱"二句:上句用沧海桑田之典。下句语出《世说新语·伤逝》:王戎丧子,悲不自胜。山简问其何至于此?王曰:"圣人忘情,最下不及情;情之所钟,正在我辈。"静安已预感到世事将发生重大的变迁,而自己的感情又特别深刻和专注,故要承受比别人更多的痛苦。

〔4〕局促:短促;拘束。诗中当合用二意。

〔5〕骎(qīn侵)骎:马速行貌。引申为疾速。

支云塔是狼山的胜境,始建于北宋太平兴国年间,明成化十六年(1480)焚毁,十八年重建。塔高五层,方形仿楼阁式,有木梯可登顶,俯眺长江景色。诗中写登塔时所见所感,悲世事之变迁,伤人生之局促。静安像这崚嶒的孤塔,兀立于天地之间,纵览今古,他领略着旁人所不能理解的痛苦与悲哀。此诗作于光绪二十九年。

暮春

晨翻书帙鸟无哗,晚步郊原草正芽。院落春深新着燕,池塘雨过乱鸣蛙。心闲差许观身世[1],病起初能玩物华[2]。但使猖狂过百岁[3],不嫌孤负此生涯[4]。

〔1〕差许:尚可。
〔2〕物华:自然景物。
〔3〕猖狂:无所束缚,随心所欲。《庄子·在宥》:"猖狂,不知所往。"
〔4〕孤负:同"辜负"。

光绪三十年(1904)三月下旬,静安自沪返海宁休养。宿疾新愈,心情怡悦,眼前万物,都充满了勃勃生机。他很少有这样的闲心,去欣赏那蛙鸣燕舞。读书散步,优悠度日,也算是不负此生了。

冯生

众庶冯生自足悲,真人何事困饘饦[1]。家贫且贷河侯粟,行苦终思牧女糜[2]。溟海巨鹏将徙日,雪山大道未成时[3]。生平不索长生药,但索丹方可忍饥[4]。

〔1〕"众庶"二句:一般的芸芸众生贪恋生命已自足悲,为什么连得道的真人也要为饮食所困?冯(píng 凭)生,贾谊《鹏鸟赋》:"贪夫徇财,烈士徇名,夸者死权,众庶冯生。"《史记·伯夷列传》引此语,司马贞索隐:"冯者,恃也,音凭。言众庶之情,盖恃矜其生也。"真人,道家称存养本性的得道的人。饘饦(zhān yǐ 毡以):饘,稠粥。饦,以油和米粉制成的粥状食品。亦泛指粥。"饦"字上声,此作平声读。

〔2〕"家贫"二句:上句典出《庄子·外物》:"庄周家贫,故往贷粟于监河侯。监河侯曰:'诺。我将得邑金,将贷子三百金,可乎?'"下句典见《佛本行经·不然阿兰品第十五》:"(释迦)日进一麻,半粒粳米,日日省食,久赢形体。……至他闲处,于是便受,喜悦喜力。二女乳糜,甘露之施,即便行诣。"谓释迦在尼禅河边苦修,因断食而身体衰弱,后来接受了牧女难陀波罗献奉的乳糜。

〔3〕"溟海"二句:上句典出《庄子·逍遥游》:"北溟有鱼,其名为

鲲。鲲之大,不知其几千里也。化而为鸟,其名为鹏。鹏之背,不知其几千里也……是鸟也,海运则将徙于南溟。"雪山,指印度北部诸雪山。相传释迦牟尼成道前曾在雪山中苦行,故释迦又称"雪山大士"。诗意谓庄周、释迦等大智大慧者在大道未成时依然为饥寒所困。

〔4〕"生平"二句:丹方,炼丹药的方术。诗中当指辟谷服食之方。服食之后,据云可终身不饥。两句是愤激之语。人生求温饱甚难,得辟谷之方或忍饥不食,则更胜于古之真人了。

冯生,意为恃矜其生,贪生。人们都是珍惜自己生命的,为了活着,得吃饭穿衣,静安一生,都不免为衣食奔走,故对"冯生"一语深有所感。此诗亦着意写人生之痛苦,但解脱之道却不易寻求,只能作"但索丹方"的无可奈何的呼号了。诗作于光绪三十年(1904)春暮。静安时闲居海宁,经济收入减少,生活颇为窘迫,故此诗当由实际感受而发。

晓 步

兴来随意步南阡[1],夹道垂杨相带妍。万木沉酣新雨后[2],百昌苏醒晓风前[3]。四时可爱惟春日,一事能狂便少年[4]。我与野鸥申后约,不辞旦旦冒寒烟[5]。

〔1〕阡:道路,借指野外。
〔2〕沉酣:熟睡貌。树木含雨而低垂,故云。
〔3〕百昌:百物。诗中专指动物。
〔4〕"四时"二句:一年四季中最可爱的只有春天,如果做到"能狂"

这点便可算是少年人了。一"狂"字,可想见静安内心的孤傲。"能狂",即具有年轻人的心态。

〔5〕"我与"二句:《列子·黄帝》:"海上之人有好沤鸟者,每旦之海上,从沤鸟游,沤鸟之至者百住而不止。"人无机诈之心,故能与鸥鸟亲近。末两句谓与鸥鸟为友,微露诗人隐逸的志趣。

光绪三十年春夏之间,静安在海宁家居养病,几年来在外劳碌奔波,难有片时宁息,如今可以好好享受闲适的生活了。静安在晨间散步,赏玩眼前的美景,春日万物昭苏,精神自觉振奋。此诗与《暮春》情调相仿,自然明快。

蚕

余家浙水滨[1],栽桑径百里。年年三四月,春蚕盈筐筐[2]。蠕蠕食复息,蠢蠢眠又起[3]。口腹虽累人,操作终自己[4]。丝尽口卒瘏[5],织就鸳鸯被[6]。一朝毛羽成,委之如敝屣。端端索其偶,如马遭鞭棰。响濡视遗卵,恬然即泥滓[7]。明年二三月,儦儦长孙子。茫茫千万载,辗转周复始[8]。嗟汝竟何为?草草阅生死。岂伊悦此生,抑由天所畀?畀者固不仁,悦者长已矣[9]。劝君歌少息,人生亦如此[10]!

〔1〕浙水:即浙江、钱塘江。静安故居海宁盐官镇,在钱塘江北岸。
〔2〕筐筐(fěi 匪):泛指养蚕的器具。如蚕箔、蚕蔟等,均以竹编成。
〔3〕"蠕蠕"二句:蚕儿蠕蠕而动,食了又歇;蠢蠢而动,眠了又起。

眠又起,蚕要经过三眠三起才能吐丝成蛹。

〔4〕操作:指蚕吐丝作茧。

〔5〕瘏(tú屠):疲病。意谓因口的劳累而致病困。

〔6〕鸳鸯被:有鸳鸯图案的被子。亦指男女共眠之被。

〔7〕"一朝"六句:蚕蛹一朝变成蚕蛾,就把蚕茧弃如敝屣。赶忙要去找寻配偶,像马儿被鞭抽那样急急匆匆。辛苦地产下它的卵子后,便安静地死去,复归尘土。敝屣,旧鞋。喻要丢弃的无用之物。耑(zhuān专)耑,仅仅。呴濡(xǔ rú许如),语出《庄子·大宗师》:"泉涸,鱼相与处于陆,相呴以湿,相濡以沫。"引申为滋长化育。此指蚕儿交配后产卵。恬然,安然。即,就。

〔8〕"明年"四句:到了明年二三月的时候,又孵化成一条条蚕子。在渺渺茫茫的千万年中,就这样反复循环,周而复始。儴(luǒ裸)儴:赤体之状。

〔9〕"嗟汝"六句:唉,蚕儿啊,你究竟干什么?仓促地经历了生死过程。难道真的喜欢这种生活,还是由老天爷所给予的呢?给予的固然是没有仁爱,喜欢的也就这么过去了。伊,语助词,无义。不仁,《老子》:"天地不仁,以万物为刍狗。"天所畀,天所给予。

〔10〕"劝君"二句:劝劝您不要再唱了,人生也是像蚕儿样的。末二句点出主题。

这首诗是叔本华的人生哲学的图解。叔本华认为,"以生命意志本身为内在本质的自然,也以它全部的力量在鞭策着人和动物去繁殖"。大自然所关心的只是种族的保存,对个体的死亡是完全不关心的。(《作为意志和表象的世界》第四编六十章)诗中以蚕为喻,揭示大自然的内在本质,即所谓的生命意志,在性与生殖上表现得最为强烈。而作为个体的人,对生命中的劳瘁与死亡,只能感到痛苦与无奈。作于光绪三十年春。

平生

平生苦忆挈卢敖[1],东过蓬莱浴海涛。何处云中闻犬吠,至今湖畔尚乌号[2]。人间地狱真无间[3],死后泥洹枉自豪[4]。终古众生无度日,世尊只合老尘嚣[5]。

〔1〕卢敖:秦时燕人,秦始皇召为博士,使求神仙。《淮南子·道应训》:"卢敖游乎北海,经乎太阴,入乎玄阙。至于蒙谷之上。"

〔2〕"何处"二句:上句典出王充《论衡·道虚》。谓淮南王得道,"举家升天,畜产皆仙,犬吠于天上,鸡鸣于云中"。下句典出《史记·封禅书》。谓黄帝铸鼎荆山,鼎成,有龙垂胡髯下迎黄帝,黄帝上骑升天,堕其弓,百姓抱其弓而号。后世因名其处鼎湖,其弓曰乌号。后因以"乌号"为称人死亡之辞。两句意谓神仙不死之说亦为虚妄。

〔3〕无间(jiàn涧):佛教所说的"无间地狱",为最下层之地狱。入者受苦无间。又,间有间隔意。诗中用"无间"一词,亦谓人间与地狱无异。

〔4〕泥洹(huán环):即"涅槃"。见《偶成二首》之二注。人间充满忧患,则何殊地狱。叔本华认为最根本的解脱是达到涅槃境界,而静安于此诗中亦否定之,可见其对叔氏之伦理思想已产生怀疑。

〔5〕世尊:佛教尊称佛祖释迦牟尼为世尊。《红楼梦评论》云:佛之言曰:"若不尽度众生,誓不成佛。"又云:"释迦、基督自身之解脱与否,亦尚在不可知之数也。"静安认为,个人只是"小宇宙",而世界方为"大

宇宙","小宇宙之解脱,视大宇宙之解脱以为准",释迦不能实践尽度众生的诺言,故自身之解脱亦属疑问了。

静安在光绪三十年夏五月撰《红楼梦评论》一文,引录此诗,将人间视为真正的地狱,而死后的解脱与否,亦不可知。哀众生之苦痛由于自造,又示其解脱之道不可自求,流露出对人生的悲观情绪。

偶 成

文章千古事[1],亦与时枯荣。并世盛作者,人握灵蛇珠[2]。朝菌媚初日[3],容色非不腴[4]。飘风夕以至[5],零落委泥涂。且复舍之去,周流观石渠[6]。蔽亏东观籍[7],繁会南郭竽[8]。譬如贰负尸,桎梏南山隅。恒干块犹存,精气荡无馀[9]。小子曹无状,亦复事操觚[10]。自忘宿瘤质,揽镜学施朱。东家与西舍,假得紫罗襦。主者虽不索,趑步终趑趄[11]。且当养毛羽,勿作南溟图[12]。

〔1〕"文章"句:杜甫《偶题》诗:"文章千古事,得失寸心知。"
〔2〕灵蛇珠:干宝《搜神记》卷二十载有"灵蛇珠",因以灵蛇珠喻锦绣文才。静安在《叔本华与尼采》一文中引尼采语云:"人之观物之浅深明暗之度不一,故诗人之阶级亦不一。当其描写所观也,人人殆自以为握灵蛇之珠,抱荆山之玉矣。"亦鄙薄自以为是之作者。
〔3〕朝菌:《庄子·逍遥游》:"朝菌不知晦朔,蟪蛄不知春秋。"朝菌,即木槿花。本诗以朝花夕落的木槿喻趋时得势的文人及其作品。

31

〔4〕容色:容貌神色。

〔5〕飘风:暴风。

〔6〕周流:周转流行。石渠:石渠阁。西汉皇室藏书之处。

〔7〕蔽亏:因遮蔽而半隐半现。诗中形容图书之多。东观:在汉洛阳南宫。东汉明帝时班固修史之地。后为聚藏图书之处。

〔8〕繁会:繁音交会,犹交响。南郭竽:《韩非子·内储说》:"齐宣王使人吹竽,必三百人。南郭处士请为王吹竽,宣王说之,廪食以数百人。宣王死,愍王立,好一一听之,处士逃。"此当以南郭竽喻伪学虚假的知识。

〔9〕"譬如"四句:真好比那怪物贰负的尸体,被枷锁在南山一隅,他的躯体虽然还整个存在,但精气早已荡然无馀了。贰负,古代传说中的天神。《山海经·海内西经》载,贰负杀窫窳,天帝乃"桎其右足,反缚两手与发",郭璞注谓汉宣帝时,"在石室中得一人,跣踝被发,反缚,械一足",论者以为贰负之尸。恒干,指躯体。四句紧承上文,说明滥读之害。只得古人之躯壳而失其精神。

〔10〕觚:执简。谓作文。觚,方形木简,古人用以书写。

〔11〕"自忘"六句:宿瘤,刘向《列女传》所载的"项有大瘤"的丑女。跬(kuǐ 傀)步,半步。跨一脚。趑趄(zī jū 姿狙),欲进又退,难以举步的样子。六句以宿瘤丑女作喻。意是说自己根底未厚,写文章只能因袭前人,未足以言著述。

〔12〕南溟图:见《冯生》诗注。

此诗作于光绪三十年秋。十九世纪末、二十世纪初,正是中国社会发生大动荡、大变化的时期,在文学领域上,流派纷呈,名家辈出,但其中亦颇有不学浅薄之徒,率尔操觚,以盗虚声。静安在诗中清醒地指出,趋时的文字是没有永久价值的。一个文人学者,应该努力提高修养,不要东抄西袭,人云亦云。只有不断精进,才能成就自己的大事业、大学问。

天寒

天寒木落冻云铺,万点城头未定乌[1]。只分杨朱叹歧路[2],不应阮籍哭穷途[3]。穷途回驾无非失,歧路亡羊信可吁[4]。驾得灵槎三十丈,空携片石访成都[5]。

〔1〕"天寒"二句:以景言情。

〔2〕分:读去声。杨朱:战国时学者。《淮南子·说林训》:"杨子见逵路而哭之,为其可以南,可以北。"逵路,四通八达的大道。

〔3〕阮籍:三国魏文学家、思想家,字嗣宗。陈留尉氏(今属河南)人。曾为步兵校尉。为"竹林七贤"之一。因不满当权的司马氏集团,所为诗多讥刺现实,表现忧时伤乱之情。哭穷途:《世说新语·栖逸》:"阮步兵啸"刘孝标注引《魏氏春秋》:"阮籍常率意独驾,不由径路,车迹所穷,辄恸哭而反。"

〔4〕"穷途"二句:意说,路走到尽头还可转回,而在众多的歧路中盲目摸索更是可悲。

〔5〕"驾得"二句:典出南朝梁宗懔《荆楚岁时记》。据云汉代张骞奉命寻找黄河源头,乘木槎经月亮至天河,于月中见一女子纺织,又见一丈夫牵牛饮河。织女取一石与骞。归至成都,问卜者严君平,云:"此支机石也。"两句意说,历尽艰辛探索前路,所得的只是毫无意义的结果。

静安在诗词中一再叹息"穷途"和"歧路"。他徘徊于西洋哲学的迷宫中,无所适从。他在写《红楼梦评论》时,对叔氏之说"已提出绝大之疑问"。《自序二》又云:"近日之嗜好所以渐由哲学而移于文学,而欲于其中求直接之慰藉也。要之,余之性质欲为哲学家则感情苦多而知力苦寡,欲为诗人则又苦感情寡而理性多。"在哲学与文学之间又难以抉择,心情矛盾痛苦。此诗作于光绪三十年冬。

欲 觅

欲觅吾心已自难,更从何处把心安〔1〕。诗缘病辍弥无赖,忧与生来讵有端〔2〕。起看月中霜万瓦,卧闻风里竹千竿〔3〕。沧浪亭北君迁树〔4〕,何限栖鸦噪暮寒。

〔1〕"欲觅"二句:想要寻回我的真心已自艰难,更能在何处安定下这颗心呢!《景德传灯录·达磨大师》载,慧可谓祖师曰:"我心未宁,乞师与安。"祖曰:"将心来,与汝安。"可良久曰:"觅心了不可得。"祖曰:"我与汝安心竟。"

〔2〕"诗缘"二句:意谓由于生病而停止写诗,实在已十分无奈,忧患更是与生俱来的,哪能有个尽头!无赖,无奈,没有什么办法。

〔3〕"起看"二句:上句写静,下句写动。"起"是动,"卧"是静。与首二句照应,写出心境无法平静。

〔4〕沧浪(láng 郎)亭:苏州现存最古的园林。原为五代吴越孙承佑别墅。北宋诗人苏舜钦于此临水筑亭,取《楚辞·渔父》"沧浪之水"之意命名。江苏师范学堂校址在沧浪亭附近,故静安常游此地,诗词亦

每咏及之。君迁树:果木名。因见于左思《吴都赋》中,故诗人咏苏州景物时常及此。

静安在《红楼梦评论》中云:"欲达解脱之域者,固不可不尝人世之忧患。"而人世之忧患,又是与生俱来的,静安饱尝忧患而无法解脱,故彷徨无着,难以心安。此诗亦光绪三十年秋初到苏州时作。

出 门

出门惘惘知奚适,白日昭昭未易昏[1]。但解购书那计读,且消今日敢论旬[2]?百年顿尽追怀里,一夜难为怨别人[3]。我欲乘龙问羲叔[4],两般谁幻又谁真?

[1] "出门"二句:出门惘惘,韩愈《送殷员外序》:"今人适数百里,出门惘惘,有离别可怜之色。"奚适,何去。上句本韩愈语,亦《天寒》诗"杨朱歧路"之意。昭昭,明亮貌。下句谓一日漫长,不知怎样度过。
[2] 消日:消磨时间。
[3] "百年"二句:意谓,在回忆中,人生短短的百年很快过尽;而对于怨别伤离的人来说,漫长的一夜却是难熬。
[4] 羲叔:古代神话传说中的人物。传说尧曾命羲仲、羲叔、和仲、和叔四人分管四方天象,并称为"羲和"。后传为驾御日车的神。

静安经常感叹人生无常,茫茫然不知何从何去。在短暂的百年中,欢乐少而忧愁多,今日不知明日事,以致诗人把生活看成是"梦幻泡影",而寻求解脱之道。此诗作于光绪三十年冬。

坐致

坐致虞唐亦太痴,许身稷契更奚为[1]?谁能妄把平成业,换却平生万首诗[2]。

〔1〕"坐致"二句:坐致,轻易获得。虞唐,虞舜与唐尧。传说中的古帝名。所谓三代的圣贤之君。许身,自许。稷契,稷与契。唐虞时的贤臣。杜甫《同元使君春陵行》:"致君唐虞际。"又,《自京赴奉先县咏怀五百字》诗:"许身一何愚,窃比稷与契。"诗人杜甫,自比稷契,企图致君尧舜,而静安却有自知之明,知道这是不可能做到的。

〔2〕"谁能"二句:平成,语出《书·大禹谟》:"地平天成,六府三事允治,万世永赖,时乃功。""地平天成",为尧、舜、禹三代之功业。第三句紧承上文。两句意谓,不愿以政治家的所谓丰功伟业来换诗人的优秀作品。

静安在《自序》中概述自己数年间为学之事,感到疲于哲学而烦闷,嗜好渐由哲学而移于文学,以求慰藉。除写诗外,时亦填词,自谓"余之于词,虽所作尚不及百阕,然自南宋以后,除一二人外尚未有能及余者,则平日之所自信也"。可见静安对自己的文学才能是颇为矜高的。诗人深知自己不是安邦治国、建功立业的人才,能成为一位杰出的诗人,也算是《自序》中所说的"奢愿"了。作于光绪三十一年(1905)。

将理归装得马湘兰画幅喜而赋此(二首)

一

旧苑风流独擅场,土苴当日睨侯王[1]。书生归舸真奇绝[2],载得金陵马四娘[3]。

〔1〕"旧苑"二句:意谓,在秦淮旧院中,文采风流当数马湘兰最是擅场。她当日也曾傲视侯王如同粪土!旧苑,指南京城南的明旧院。妓家所居。苴(zhǎ 鲊),粪草,渣滓,糟粕。以之为土苴,比喻贱视。睨,睥睨。瞧不起的样子。

〔2〕舸(gě):小船。

〔3〕金陵:即今南京。马四娘:即马湘兰。《众香词》卷六:"马氏同母姊妹六人,姬最小,呼四娘。"

二

小石丛兰别样清,朱丝细字亦精神[1]。君家宰相成何事[2],羞杀千秋冯玉英[3]。

〔1〕朱丝:朱丝栏。以银朱在纸上画成界道,以便写字。湘兰擅书画。

〔2〕君家宰相:指马士英。马士英在南京拥立福王,任东阁大学士。专权昏愦。清兵破南京,马士英在浙东抗清,兵败被杀。

〔3〕冯玉英:卓发之《明画拾遗》载:"马士英画颇佳,然人皆恶其名,悉改为妓女冯玉英。"诗末原注:"马士英善绘事,其遗墨流传人间者,世人丑之,往往改其名为冯玉英。"

　　光绪三十一年冬十月,罗振玉因父丧,辞去江苏师范学堂监督。静安亦随之辞职归里。整理行装时见所藏马湘兰兰石小幅,喜而赋此诗。马湘兰,名守真,小字玄儿。明末名妓。居金陵秦淮,与名士王穉登等交游。善画兰,清徐沁《明画录》卷六称其画"萧洒恬雅,极有风致"。又能诗善书法。汪中《经旧苑吊马守真文序》云:"秦淮水逝,迹往名留,其色艺风情,故老遗闻,多能道者。余尝览其画迹,丛兰修竹,文弱不胜,秀气灵襟,纷披楮墨之外。未尝不爱赏其才,怅吾生之不及见也。"静安二诗,亦热情地赞赏湘兰之风流才艺,并以权相马士英反面作衬,更见爱憎之情。

颐和园词 壬子

汉家七叶钟阳九[1],沴洞风埃昏九有[2]。南国潢池正弄兵[3],北沽门户仍飞牡[4]。仓皇万乘向金微[5],一去宫车不复归。提挈嗣皇绥旧服[6],万几从此出宫闱[7]。东朝渊塞曾无匹[8],西宫才略称第一[9]。恩泽何曾逮外家[10],咨谋往往闻温室[11]。亲王辅政最称贤[12],诸将专征捷奏先[13]。迅扫欃枪回日月[14],八荒重睹中兴年[15]。

〔1〕汉家:汉朝。此指清朝。七叶:七世。清朝自太祖至文宗,共传七世。钟:当,遭逢。阳九:古代术数家之说。指灾难之年或厄运。

〔2〕沨洞(hòng tóng 讧同):弥漫,绵延。九有:九州。指中国。

〔3〕潢池弄兵:语出《汉书·龚遂传》:"海濒遐远,不沾圣化,其民困于饥寒而吏不恤,故使陛下赤子盗弄陛下之兵于潢池耳。"因以"潢池弄兵"谓叛乱。

〔4〕北沽:指大沽口。为北方京津之门户。咸丰八年(1858),英法联军攻陷大沽口,进逼北京。飞牡:古人称钥匙为牡,失去城门上的锁钥,被认为是乱臣贼子谋乱的征兆。

四句说,咸丰年间,南方有太平天国之乱,北方有英法帝国主义的入侵。

〔5〕万乘:帝王的车驾。金微:山名。今阿尔泰山。本诗中指热河。英法联军攻北京,咸丰仓皇逃奔热河行宫,次年病死。

〔6〕嗣皇:继承皇位的皇子。指同治帝。绥:安定。旧服:旧日的统治区域。服,指王畿以外的地方。

〔7〕万几:指帝王日常处理的纷繁的政务。《书·皋陶谟》:"兢兢业业,一日二日万几。"

四句写咸丰帝死后,两宫太后垂帘听政。

〔8〕东朝:汉代长乐宫,太后所居。诗中指慈安太后。渊塞:笃厚诚实。

〔9〕西宫:指慈禧太后。

〔10〕逮:及。外家:母家。前人认为贤后不偏私外家。

〔11〕温室:汉宫殿名。为皇帝与公卿朝臣会议之所。

四句赞美太后不让外戚参政,多与大臣商议国事。

〔12〕亲王:指恭亲王奕䜣。时为议政王。

39

〔13〕诸将:指曾国藩、李鸿章、左宗棠、胡林翼等将领。专征:受命自主征伐。

〔14〕欃(chán缠)枪:即彗星。古代认为是妖星,预兆着战乱。

〔15〕八荒:八方荒远之地。指全国。

四句写慈禧秉政后,重用奕䜣及汉族将领,平定太平军、捻军之乱,出现了所谓的"同治中兴"。

以上为第一段。追述咸丰朝的历史,歌颂慈禧太后任贤使能,国家重见中兴。

联翩方召升朝右[16],北门独付西平手[17]。因治楼船凿汉池[18],别营台沼追文囿[19]。西直门西柳色青[20],玉泉山下水流清[21]。新锡山名呼万寿[22],旧疏湖水号昆明[23]。昆明万寿佳山水,中间宫殿排云起[24]。拂水回廊千步深,冠山杰阁三层峙[25]。隧道盘纡凌紫烟[26],上方宝殿放祈年[27]。更栽火树千花发[28],不数明珠彻夜悬[29]。是时朝野多丰豫[30],年年三月迎鸾驭[31]。长乐深严苦敝神[32],甘泉爽垲宜清暑[33]。高秋风日过重阳,佳节坤成启未央[34]。丹陛大陈三部伎[35],玉卮亲举万年觞[36]。嗣皇上寿称臣子[37],本朝家法严无比[38]。问膳曾无赐坐时[39],从游罕讲家人礼[40]。东平小女最承恩[41],远嫁归来奉紫宸[42]。卧起每偕荣寿主,丹青差喜缪夫人[43]。尊号珠联十六字[44],太官加豆依前制[45]。别启琼林贮羡馀[46],更营玉府搜珍异[47]。月殿云阶敞上方[48],宫中习静夜焚香[49]。但祝时平边塞静,千秋万岁未渠央[50]。

〔16〕方召:方叔和召虎的合称。方、召皆辅助周宣王中兴的贤臣。此以指曾国藩、李鸿章等人。朝右:朝班之右首。指高位。

〔17〕北门:喻军事要地或守御重任。西平:即李晟。唐德宗时曾率军讨伐藩镇叛乱,又平朱泚之乱,收复长安,封西平郡王。此指李鸿章。

〔18〕楼船:有楼的战船。凿汉池:汉武帝元狩三年在长安西南凿昆明池,以习水战。

〔19〕文囿:周文王在洛邑筑的园囿,本诗中以指圆明园。

四句写慈禧太后重建颐和园。"独付"、"楼船"之语,暗写其挪用李鸿章所管的海军经费。

〔20〕西直门:在北京城西北。

〔21〕玉泉山:为西山东麓支脉,清泉密布,故名。昆明湖之水,即自玉泉山引来。

〔22〕万寿:山名。在昆明湖北,为西山支脉。元时称瓮山。乾隆十五年(1750)为庆祝太后六十诞辰,改名万寿山。

〔23〕昆明:昆明湖。元时称瓮山泊,明代称西湖。乾隆十五年,用汉武帝在长安凿昆明池练水师故事,改名昆明湖。

〔24〕排云:排云殿在万寿山前山中部,为万寿山的正殿。

〔25〕杰阁:高阁。指佛香阁。在排云殿后,八面三层,高四十一米。可俯瞰颐和园全景。

〔26〕隥道:有石级的山间道路。

〔27〕上方宝殿:指佛香阁。放(fǎng仿):仿效。

〔28〕火树:形容繁盛的灯火。在光绪年间已装设电灯。

〔29〕不数:不足数。不值一提。明珠:夜明珠。

以上十二句描写颐和园的环境建筑及装饰。

〔30〕丰豫:富盛安乐。

〔31〕鸾驭:犹言鸾驾。指慈禧的车驾。

〔32〕长乐:汉宫名。汉太后常居之。因以指清宫中太后的居处。敝神:使人精神疲敝。

〔33〕甘泉:秦、汉宫名。甘泉为汉帝避暑的行宫,因以指颐和园。爽垲:高爽。

〔34〕坤成:《易·系辞》:"乾道成男。坤道成女。"因以坤成谓女子生日。未央:汉宫名。借指颐和园。光绪二十年(1894)十月初十,慈禧六十岁寿辰,在颐和园举行庆典。

〔35〕丹陛:指宫殿的台阶。因以丹朱涂之,故称。三部伎:演奏三部乐的乐伎。《新唐书·礼乐志十二》载,唐玄宗把宫廷乐伎分为三部:堂下立奏者为立部伎,堂上坐奏者为坐部伎,又选坐部伎教于梨园,为法曲部。

〔36〕玉卮:玉杯。万年觞:指寿酒。《清史稿·后妃列传》:"是年,太后六十万岁,上请在颐和园受贺。仿康熙、乾隆间成例,自大内至园,跸路所经,设彩棚经坛,举行庆典。"

〔37〕嗣皇:继位的皇帝。诗中指光绪帝。上寿:向人敬酒祝颂长寿。

〔38〕家法:指祖宗定制。

〔39〕问膳:古礼,父母进食,人子侍侧,问膳食如何。

〔40〕家人礼:指亲属日常之间的较为宽松的礼仪。按,慈禧对光绪十分严厉,只讲君臣之礼而不讲母子之礼。

〔41〕东平:汉光武帝第八子封东平王。此指恭亲王奕䜣。其女荣寿公主,为慈禧之义女,封为固伦公主。嫁额驸志端,志端卒后,益得慈禧怜爱,命侍值园中。

〔42〕紫宸:唐宫殿名。借指颐和园的宫室。

〔43〕缪夫人:指女画师缪素筠。曾被召入园以画艺侍奉太后左右,常代慈禧作书画以赐诸大臣。人称缪太太。

以上八句以荣寿公主与光绪帝作对比,以见慈禧之爱恶。

〔44〕尊号:尊崇帝后的称号。时慈禧太后累加尊号为"慈禧端佑康颐昭豫庄诚寿恭钦献崇熙"十六字。

〔45〕太官:官名,掌宫廷饮食宴会。加豆:豆,为古代食器。加豆,《周礼·醢人》中所载的"四豆"的一种,豆中盛有兔、雁、鱼等肉汁。

〔46〕琼林:唐内库名。以藏贡品财物。羡馀:指地方官员以赋税盈馀的名义向朝廷进贡的财物。

〔47〕玉府:《周礼·天官》中所载的官署名。掌管以玉为主的金玉玩好等珍贵之物。

以上十二句写慈禧太后以寿辰为名搜刮了大量财物珍玩。

〔48〕月殿云阶:指仙境。上方:指天界。

〔49〕习静:修习安静的心性。

〔50〕未渠(jù巨)央:没有完结。渠,通"遽"。

以上为第二段,写慈禧太后修建颐和园以及在园中行乐的情景。

五十年间天下母〔51〕,后来无继前无偶。却因清暇话平生,万事何堪重回首。忆昔先皇幸朔方〔52〕,属车恩幸故难量〔53〕。内批教写清舒馆〔54〕,小印新镌同道堂〔55〕。一朝铸鼎降龙驭,后宫髽绝不能去〔56〕。北渚何堪帝子愁〔57〕,南衙复遘丞卿怒〔58〕。手夷端肃反京师〔59〕,永念冲人未有知〔60〕。为简儒臣严谕教〔61〕,别求名族正宫闱〔62〕。可怜白日西南驶,一纪恩勤付流水〔63〕。甲观曾无世嫡孙〔64〕,后宫并乏才人子〔65〕。提携犹子付黄图〔66〕,劬苦还如同治初〔67〕。又见法宫冯玉几〔68〕,更劳武帐坐珠襦〔69〕。国事中间几翻覆,近年最忆怀来辱〔70〕。草地间关短毂车〔71〕,邮

43

亭仓卒芜蒌粥[72]。上相留都树大牙[73],东南诸将奉王家[74]。坐令佳气腾金阙[75],复道都人望翠华[76]。自古忠良能活国[77],于今母子仍玉食[78]。九庙重闻钟鼓声[79],离宫不改池台色[80]。一自官家静摄频[81],含饴无冀弄诸孙[82]。但看腰脚今犹健,莫道伤心迹已陈。

[51] 五十年:慈禧从咸丰十一年(1861)发动辛酉政变,至光绪三十四年(1908)去世,历同治、光绪二朝,掌握国家大权近五十年。天下母:《汉书·元后传赞》:"及王莽之兴,由孝元后历汉四世,为天下母,飨国六十馀载。"

[52] 朔方:北方。咸丰十年(1860)英法联军进攻北京,咸丰帝仓皇出宫,奔热河。

[53] 属车:帝王出行时的侍从车。即副车。时慈禧为懿贵妃,故乘属车。

[54] 内批:宫中的批示,圣旨。清舒馆:宫室名。承德避暑山庄有清舒山馆。

[55] 同道堂:金梁《四朝佚闻》卷上:"训政谕旨,皆以同道堂印钤尾为制。"辛酉政变后,慈禧才正式使用两印颁布诏谕,直至同治十二年皇帝亲政为止。

四句写咸丰帝晚年宠信那拉后,使其得以干预政事。

[56] "一朝"二句:铸鼎,《史记·封禅书》:"黄帝采首山铜,铸鼎于荆山下,鼎既成,有龙垂胡髯下迎黄帝。黄帝上骑。"因以"铸鼎"为帝王崩逝之典。髯绝,《史记·封禅书》载,黄帝乘龙上天时,馀小臣不得上龙身,乃持龙髯,而龙髯拔落。诗中用此典,谓臣子不能追随皇帝死去。

[57] "北渚"句:《楚辞·九歌·湘夫人》:"帝子降兮北渚,目眇眇

兮愁予。"北渚,指湖北岸的小洲。帝子,谓湘夫人。此指慈禧。

〔58〕南衙:唐代宰相官署。遘:遇,遭到。丞卿:丞相卿贰,指大臣。咸丰帝死后,协办大学士肃顺等八人为赞襄政务王大臣,对慈禧多有防范。

〔59〕端肃:指郑亲王端华和肃顺。慈禧与奕訢密谋,利用新皇帝回京之机发动政变,诛杀怡亲王载垣及端华、肃顺三人。史称"祺祥政变"或"辛酉政变"。慈禧自此垂帘听政。

〔60〕冲人:皇帝幼小在位,称冲人。同治帝即位时年仅六岁。

〔61〕简:拣选,选择。儒臣:指同治帝的师傅李鸿藻、翁同龢等。

〔62〕"别求"句:同治十一年(1872)九月,立户部尚书崇绮之女阿鲁特氏为皇后。后又另选员外郎凤秀之女富察氏为慧妃。

四句写慈禧扶持同治帝。

〔63〕一纪:十二年。同治在位仅十三年。

〔64〕甲观(guàn 灌):汉代楼观名。为皇太子所居。世:父子相继为世。

〔65〕才人:妃嫔的称号。同治又另选员外郎凤秀之女富察氏为慧妃。亦无子。

四句谓同治帝早死无子。

〔66〕犹子:侄子。慈禧立醇亲王奕譞之子载湉继承皇位,是为光绪帝。黄图:大地图。指中国。

〔67〕劬苦:犹言劬劳、劳苦,指父母养育子女的辛劳。光绪登位时年仅四岁,尚由慈禧养育。

〔68〕法宫:宫室的正殿,帝王处理政事之所。冯:同"凭"。玉几:玉制的几案。凭玉几,谓继位的帝王依着玉几以听先王的遗命。

〔69〕武帐:置有兵器的帷帐。珠襦:缀以珍珠的衣服。

四句写光绪帝年幼登位,慈禧仍垂帘听政。

45

〔70〕怀来:县名。在北京西北。光绪二十六年(1900),八国联军进逼北京,慈禧携光绪帝仓皇出奔西安,三日后始至怀来,才得以梳洗用饭,故深以为耻。

〔71〕间关:曲折艰难。短毂(gǔ古)车:一种简陋的小车。《周礼·冬官·考工记》:"车人为车……行泽者欲短毂。"

〔72〕芜蒌:亭名。《后汉书·冯异传》:"光武自蓟东南驰,晨夜草舍,至饶阳芜蒌亭。时天寒烈,众皆饥疲,异上豆粥。"诗中用此典。李希圣《庚子传信录》载:"驾出西直门,马玉昆以兵从,暮至贯市。上及太后不食已一日矣,民或献麦豆,至以手掬食之,须臾而尽。"

〔73〕上相:指文华阁大学士李鸿章。时庆亲王奕劻留守北京,与李鸿章为全权大臣与各国议和。大牙:主帅的牙旗。

〔74〕东南诸将:指两江总督刘坤一、湖广总督张之洞等人。义和团运动时,刘、张等发动"东南互保"。此时亦表态支持朝廷。

〔75〕坐令:致使。佳气:美好的云气。象征吉祥兴旺。金阙:指宫阙。

〔76〕翠华:以翠鸟羽毛为饰的旗。指皇帝仪仗。

以上八句写庚子事变经过。

〔77〕活国:犹救国。

〔78〕玉食:精美的饮食。

〔79〕九庙:指帝王的宗庙。祖庙五,亲庙四,共九庙。

〔80〕离宫:指颐和园。

〔81〕官家:指皇帝。静摄:静养。自戊戌政变后,光绪帝长期被幽禁于瀛台。诗言"静摄",宛转之词。

〔82〕含饴:《东观汉记·明德马皇后传》:"穰岁之后,惟子之志。吾但当含饴弄孙,不能复知政事。"意谓含着饴糖逗弄小孙子以自娱,不问政事。光绪无子,诗中的"含饴",当谓与"静摄"中的皇帝共享安乐。

此亦美化慈禧之辞。

以上为第三段。以慈禧太后自述的口气,追叙五十年间成败兴衰之事。

两宫一旦同绵惙[83],天柱偏先地维折[84]。高武子孙复几人[85],哀平国统仍三绝[86]。是时长乐正弥留[87],茹痛还为社稷谋[88]。已遣伯禽承大统[89],更扳公旦觐诸侯[90]。别有重臣升御榻[91],紫枢元老开黄合[92]。安世忠勤自始终[93],本初才气尤腾踏[94]。复数同时奉话言[95],诸王刘泽号亲贤[96]。独总百官居冢宰[97],共扶孺子济艰难[98]。社稷有灵邦有主,今朝地下告文祖[99]。坐见弥天戢玉棺[100],独留末命书盟府[101]。原庙丹青俨若神[102],镜奁遗物尚如新。那知此日新朝主[103],便是当时顾命臣[104]。离宫一闭经三载[105],渌水青山不曾改。雨洗苍苔石兽闲,风摇朱户铜蠡在[106]。云韶散乐久无声[107],甲帐珠帘取次倾[108]。岂谓先朝营楚殿[109],翻教今日恨尧城[110]。宣室遗言犹在耳[111],山河盟誓期终始[112]。寡妇孤儿要易欺[113],讴歌狱讼终何是[114]。深宫母子独凄然,却似滦阳游幸年。昔去会逢天下养,今来劣受厉人怜[115]。虎鼠龙鱼无定态[116],唐侯已在虞宾位[117]。且语王孙慎勿疏,相期黄发终无艾[118]。定陵松柏郁青青[119],应为兴亡一拊膺[120]。却忆年年寒食节,朱侯亲上十三陵[121]。

[83] 两宫:指慈禧太后和光绪帝。绵惙(zhuì 缀):谓临终气息微

47

弱将绝。

〔84〕"天柱"句:《淮南子·天文训》:"昔者共工与颛顼争为帝,怒而触不周之山,天柱折,地维绝。"这里以天柱指光绪帝,地维指慈禧太后。光绪三十四年(1908)十月二十一日,光绪帝死,次日慈禧亦亡。

〔85〕高武:汉高祖与汉光武帝。此指清朝开国皇帝。

〔86〕哀平:汉哀帝和汉平帝。三绝:《汉书·叙传上》:"至于成帝,假借外家。哀、平短祚,国嗣三绝。"汉成帝无子,立定陶恭王刘康之子刘欣为嗣,是为哀帝,哀帝复无子,王莽迎立中山王箕子为帝,是为平帝。太皇太后王氏临朝。王莽又毒杀平帝,自立为帝。改国号曰"新"。汉朝成帝以来国统自此断绝。同治、光绪俱无子,由醇亲王奕譞子载沣之子溥仪入承大统。故亦为"三绝"。

〔87〕长乐:汉宫名。太后所居。此指慈禧所居的慈宁宫。

〔88〕茹痛:含痛。

〔89〕伯禽:周公旦的长子。此指溥仪。

〔90〕扳:引。公旦:周武王之弟。姬姓,名旦。因采邑在周,称周公。曾助武王灭商。武王死后,成王年幼,周公摄政。诗中指醇亲王载沣。溥仪即位后,载沣任摄政王。

〔91〕升御榻:登上皇帝所坐之榻。喻不平常的礼遇。

〔92〕紫枢:朝廷中枢部门。此指军机处。黄合:即黄阁。丞相听事之处。

〔93〕安世:张安世。西汉大臣。汉昭帝死,安世与大将军霍光定策立宣帝,为大司马。此指张之洞。宣统即位后,张之洞为军机大臣。

〔94〕本初:袁绍,字本初。汉末时据有冀、青、幽、并四州,为当时最大的军事割据势力。此指袁世凯。光绪死时,袁为军机大臣。

〔95〕话言:美善之言。此指太后的遗训。

〔96〕刘泽:汉高祖从祖昆弟,封营陵王。后为琅琊王。吕后死,泽

与齐王等共立孝文帝。此指庆亲王奕劻。

〔97〕冢宰：宰相。

〔98〕孺子：《书·顾命》："武王既丧，管叔及其群弟乃流言于国曰：'公（指周公）将不利于孺子（指成王）。'"溥仪即帝位时年仅四岁，故称。

以上十六句写慈禧、光绪之死及立溥仪为帝之事。

〔99〕文祖：始祖。

〔100〕弥天：喻志气高远。

〔101〕末命：帝王的遗命。盟府：掌管盟书的官府。黄濬《花随人圣庵摭忆》载，光绪死后，隆裕"发德宗平日案牍，皆纸条，书袁世凯凌迟处死"。又谓"隆裕扬言，当为德宗雪耻，必杀袁世凯"。

〔102〕原庙：在正庙以外另立的宗庙。

〔103〕新朝：指民国。

〔104〕顾命臣：帝王临终前托以治国重任的大臣。此指袁世凯。

〔105〕离宫：指颐和园。

〔106〕铜蠡（luó 螺）：铜制的螺形铺首。即门上的衔环兽面。

〔107〕云韶：相传为黄帝《云门》乐和虞舜《大韶》乐的并称。因指宫廷音乐。散乐：古代乐舞名。

〔108〕甲帐：《汉武帝故事》："上以琉璃珠玉、明月夜光杂错天下珍宝为甲帐，次为乙帐。甲以居神，乙以自居。"取次：随便，相继。

〔109〕先朝：指清朝。楚殿：指颐和园。

〔110〕尧城：相传为舜囚尧之所。民国初年，有人倡议徙清室于颐和园。

以上八句写清亡后颐和园的荒凉景象。

〔111〕宣室：汉代未央宫中的殿名。宣室遗言，指光绪帝的遗言。

〔112〕山河盟誓：《汉书·高惠高后文功臣表》："封爵之誓曰：使黄

河如带,泰山若厉,国以永存,爰及苗裔。"

〔113〕寡妇孤儿:指隆裕皇太后和宣统。

〔114〕讴歌讼狱:语本《孟子·万章上》:"尧崩……天下诸侯朝觐者,不之尧之子而之舜;讼狱者,不之尧之子而之舜;讴歌者,不讴歌尧之子而讴歌舜……而居尧之宫,逼尧之子,是篡也,非天与也。"孟子意说,尽管天下的人信任舜,讴歌舜,然而舜毕竟是夺了尧之子的帝位。本诗用此典,亦指斥袁世凯为篡位者。

〔115〕"深宫"四句:意谓,深宫中的两母子最是凄凉了,好比当年先帝游幸滦阳的苦况。从前曾受天下人所供养,如今却受着令人痛苦的怜悯。滦阳,即今河北承德。游幸,指咸丰帝逃奔热河事。厉(lài 癞)人怜,《韩非子·奸劫弑臣》:"谚曰:'厉怜王。'此不恭之言也。……故劫杀死亡之君,其心之忧惧、形之苦痛也,必甚于厉矣。"厉人,麻风病人。厉人怜悯被劫杀的君主,认为他比自己还要可怜。

〔116〕虎鼠龙鱼:李白《远别离》诗:"君失臣兮龙为鱼,权归臣兮鼠变虎。"

〔117〕唐侯:《新唐书·世系表》:"舜封尧子丹朱为唐侯。"此指宣统帝。虞宾位:《书·益稷》:"虞宾在位。"孔安国传:"丹朱为王者后,故称宾。"此指宣统已退位。

〔118〕黄发:指年老。无艾:无尽。

四句写对宣统退位后的期望。

〔119〕定陵:清文宗咸丰帝之陵。在今河北遵化昌瑞山平安峪。

〔120〕拊膺:拍胸,表示哀痛。

〔121〕朱侯:清朝雍正二年十二月,封明王室之后正定知府朱之琏为一等侯。乾隆十四年八月,赠一等承恩侯,世袭。奉祀明陵,每年春秋二祭。十三陵:在北京昌平天寿山南麓。明成祖、仁宗、宣宗、英宗、宪宗、孝宗、武宗、世宗、穆宗、神宗、光宗、熹宗、思宗十三个皇帝的陵墓。

四句意谓明朝之后犹能年年寒食上陵,而溥仪却被迫居于故宫中不能到定陵拜祭。

以上为第四段。写慈禧太后去世后国事的变迁,并抒发作者的感慨。

1912年3月,静安在京都作《颐和园词》七古一首,记述清末史事。《颐和园词》以慈禧太后的一生为线索,叙述晚清史事。诗中写慈禧听政初年,任贤使能,国家重见"中兴",修建颐和园以行乐。五十年间,国事翻覆,中间又经历过扶立光绪帝及庚子事变等事。慈禧死前以宣统帝入继大统,最后清王朝却被袁世凯所颠覆,诗中流露了哀伤痛悼之情。诗成后,罗振玉见而激赏,为手录像印行世。此诗为静安诗中的长篇伟制,陈寅恪亦比之以元稹《连昌宫词》。颐和园,在今北京市海淀区西北。原为金主完颜亮行宫,明建为好山园,清改建为清漪园。

读史二绝句

一

楚汉龙争元自可[1],师昭狐媚竟如何[2]?阮生广武原头泪,应比回车痛哭多[3]。

[1] 楚汉龙争:指项羽、刘邦争夺天下的战斗。本诗中以喻革命军与清朝的斗争。

〔2〕师昭：司马师、司马昭。司马昭继其兄司马师任魏大将军，专擅国政，日谋篡魏。《三国志·魏书·高贵乡公髦传》裴松之注引《汉晋春秋》云："司马昭之心，路人所知也。"即谓司马氏篡位的野心为人所共知。狐媚：传说狐狸善为魅迷惑人，因以谓用阴谋手段迷惑人心者。此句以司马父子喻袁世凯。认为袁氏欺凌清室孤儿寡妇，以势逼清帝逊位。

〔3〕"阮生"二句：阮生，指阮籍。三国文学家。为"竹林七贤"之一。他本有济世志，但在司马氏残酷统治下，只得佯狂纵酒，全身远祸。广武，地名。在今河南荥阳市东北。楚、汉相争时，刘邦、项羽于此对峙。《晋书·阮籍传》载，阮籍"尝登广武，观楚、汉战处，叹曰：'时无英雄，使竖子成名！'"。回车痛哭，《晋书·阮籍传》载，阮籍"时率意独驾，不由径路，车迹所穷，辄恸哭而反"。诗中当以阮籍自况。朝代的更迭，像袁世凯这样的竖子也成为所谓的英雄，由此而产生的悲痛要比个人自伤身世要强烈得多。

二

当涂典午长儿孙〔1〕，新室成家且自尊〔2〕。只怪常山赵延寿，赭袍龙凤向中原〔3〕。

〔1〕当涂：三国魏的代称。《后汉书·袁术传》："（术）又少见谶书，言'代汉者当涂高'。"李贤注："当涂高者，'魏'也。"典午：司马氏的代称。《三国志·蜀书·谯周传》："周语次，因书版示立曰：'典午忽兮，月酉没兮。'典午，谓司马也。"典，义为司；午，生肖为马。故云。《晋书·慕容皝载记论》："当涂紊纪，典午握符。"

〔2〕新室：王莽篡汉后，改国号为"新"。成家：东汉建武元年四月，

公孙述在蜀成都称帝,号"成家"。建元曰龙兴元年。王莽窃位十三年,公孙述窃位十一年,且未能传与子孙。

两句以篡位夺权的曹魏、司马氏晋和新室、成家喻袁世凯,并暗示其不能长久。

〔3〕赵延寿:五代时人。籍常山(今河北正定)。本姓刘,为赵德钧养子,改姓赵。尚唐明宗女兴平公主,官至枢密使。后降契丹,封燕王、枢密使。《旧五代史·晋书·赵延寿传》:"契丹主委延寿以图南之事,许以中原帝之。延寿乃导诱蕃戎,蚕食河朔。晋军既降于中渡,戎王命延寿就寨安抚诸军,仍赐龙凤赭袍。使衣之而往。"诗中借指前清朝的旧官吏投靠袁世凯者。

此诗作于1912年,时静安寄寓于日本京都,仍关心国内政局的发展。1月26日,在袁世凯的指使下,北洋军将领联名通电"赞成共和"。2月12日,清废帝被迫宣告退位。4月,袁世凯攫取了政权。二诗当为此而作。

送日本狩野博士游欧洲

君山博士今儒宗[1],亭亭崛起东海东。平生未拟媚邹鲁[2],胼蠥每与沂泗通[3]。自言读书知求是,但有心印无雷同[4]。我亦半生苦泛滥,异同坚白随所攻[5]。多更忧患阅陵谷[6],始知斯道齐衡嵩[7]。夜阑促坐闻君语[8],使人气结回心胸[9]。颇忆长安昔相见[10],当时朝野同欢宴。百僚师师学奔走[11],大官诺诺竞圆转[12]。庙堂已见纲纪弛[13],城阙还看士风变。食肉偏云马肝美[14],取鱼坐觉熊蹯贱[15]。观书韩起宁无感[16],闻乐延陵应所叹[17]。巾车相送城南隅[18],岁管甫更市朝换[19]。嬴蹶俄然似土崩[20],梁亡自古称鱼烂[21]。干戈满眼西风凉,众雏得意稚且狂[22]。人生兵死亦由命[23],可怜杜口心烦伤[24]。四方蹙蹙终安骋[25]?幡然鼓枻来扶桑[26]。扶桑风物由来美,旧雨相逢各欢喜[27]。卜居爱住春明坊[28],择邻且近鹿门子[29]。商量旧学加邃密,倾倒新知无穷已[30]。幸免仲叔累猪肝[31],颇觉幼安惭龙尾[32]。谈深相与话兴衰,回首神州剧可哀。汉土由来贵忠节,至今文谢安在哉[33]?履霜坚冰所由渐[34],麋鹿早上姑苏台[35]。兴亡原非一姓事[36],可怜慄慄京与垓[37]。此邦曈曈如晓日[38],国体宇内称第一。微闻近时尚功利,复云小吏乏风节[39]。疲民往往困鲁税[40],学子稍稍出燕说[41]。良医我是九折肱[42],忧时君为三太息[43]。半年会合平安城[44],只君又作西欧行。石室细书自能事[45],缟带论交亦故情[46]。离朱要能搜赤水,楚国岂但夸白珩[47]。坐待归来振疲俗,毋令后世羞儒生。勿携此诗西渡海,此中恐有蛟龙惊[48]。

〔1〕儒宗:儒者的宗师。世人所尊崇的学者。

〔2〕媚:逢迎,取悦。邹鲁:邹国和鲁国。邹为孟子故乡,鲁为孔子故乡,因以借指孔孟。

〔3〕肸蠁(xī xiǎng 悉响):声气的传播。比喻灵感通微。沂泗:沂水和泗水。孔子出生及讲学之地。

〔4〕心印:佛教语。谓以心互相印证。此指心意投合、默契。雷同:《礼记·曲礼上》:"毋剿说,毋雷同。"郑玄注:"雷之发声,物无不同时应者,人之言当各由己,不当然也。"二语亦静安一生为学之道。

〔5〕异同:不同和相同之处。诗中指考据之学。静安在三十岁后,颇事校勘考据之学,辑成《唐五代二十一家词辑》,并作跋语,又成《曲录》、《唐宋大曲考》等著述。坚白:战国时公孙龙子持坚白论,辩论名实问题。诗中指哲学。

〔6〕更:经历。陵谷:《诗·小雅·十月之交》:"高岸为谷,深谷为陵。"毛传:"言易位也。"此指清朝灭亡、民国建立。

〔7〕衡嵩:南岳衡山和中岳嵩山。

〔8〕促坐:靠近坐。谓亲切谈话。

〔9〕气结:气息郁结。

〔10〕长安:唐京城。指北京。

〔11〕师师:《书·皋陶谟》:"百僚师师。"孔传:"师师,相师法。"奔走:趋附,逢迎。

〔12〕诺诺:连声应诺,表示顺从。

以上四句写纲纪废弛,官僚无耻。

〔13〕纲纪:法度、纲常。

〔14〕"食肉"句:《汉书·儒林传·辕固》:"食肉毋食马肝,未为不知味也;言学者毋言汤武受命,不为愚。"颜师古注:"马肝有毒,食之意杀人,幸得无食。言汤武为杀,是背经义,故以为喻也。"

〔15〕熊蹯:即熊掌。《孟子·告子上》:"鱼我所欲也,熊掌亦我所欲也,二者不可得兼,舍鱼而取熊掌者也。"

以上四句写士风堕落,伪学流行。

〔16〕韩起:即韩宣子。春秋昭公时曾代赵武为政。《左传·昭公二年》:"晋侯使韩宣子来聘,且告为政,而来见,礼也。观书于大史氏,

55

见《易》、《象》与《鲁春秋》,曰:'周礼尽在鲁矣,吾乃今知周公之德与周之所以王也。'"

〔17〕延陵:即延陵季子,季札。吴公子。《左传·襄公二十九年》载,吴公子札来聘,请观于周乐,遍听《周南》、《召南》及各国国风,并分别作出评价。

〔18〕巾车:为车子挂上帐幕,表示出发。

〔19〕管:一种玉管。历法家用以候气。其法以葭莩灰置于管中,某某一节候到,某律管中葭灰即飞出,以示节候更变。岁管,指新旧年交接时。甫更:才变。

四句以韩起、季札喻狩野。

〔20〕嬴:秦王之姓。嬴蹶,谓秦亡。土崩:《史记·平津侯主父列传》:"何谓土崩?秦之末世是也。"

〔21〕鱼烂:鱼烂自内而发,比喻因内部腐败而自取灭亡。《公羊传·僖公十九年》:"梁亡,此未有伐者。其言梁亡何?自亡也。其自亡奈何?鱼烂而亡也。"

〔22〕众雏:众小子。对革命党人的蔑称。稚且狂:《诗·鄘风·载驰》:"众稚且狂。"

四句写清王朝灭亡,革命党人得势。

〔23〕兵死:被武器杀死。

〔24〕杜口:闭口。

〔25〕"四方"句:语本《诗·小雅·节南山》:"我瞻四方,蹙蹙靡所骋。"郑玄笺:"蹙蹙,缩小之貌。我视四方土地日见侵削于夷狄,蹙蹙然虽欲驰骋无所之也。"《人间词话》:"'我瞻四方,蹙蹙靡所骋',诗人之忧生也。"

〔26〕幡然:迅速改变。幡,通"翻"。扶桑:指日本。

〔27〕旧雨:指旧朋友。杜甫《秋述》:"常时车马之客,旧雨来,今雨

不来。"因以旧雨为旧友代称。

〔28〕卜居:以占卜择地而居。此指择居所。春明坊:古长安春明门内的坊陌。此指京都田中村,为王氏在日本寓居处,地近京都大学。

〔29〕择邻:选择好邻居。刘向《列女传·邹孟轲母》载孟母三迁择邻,终于"徙舍学宫之旁"。鹿门子:后汉庞德公携妻子隐居于湖北襄阳鹿门山中,唐诗人皮日休亦隐居鹿门山,自称鹿门子。因以鹿门子指高人雅士。此指狩野。

〔30〕"商量"二句:用朱熹《鹅湖寺和陆子寿》诗:"旧学商量加邃密,新知培养转深沉。"

〔31〕"幸免"句:典出《后汉书·周黄徐姜申屠传序》:"(闵仲叔)客居安邑,老病家贫,不能得肉,日买猪肝一片,屠者或不肯与。安邑令闻,敕吏常给焉。仲叔怪而问之,知乃叹曰:'闵仲叔岂以口腹累安邑邪?'遂去。"

〔32〕"颇觉"句:语出《三国志·魏书·华歆传》裴松之注引《魏略》曰:"歆与北海邴原、管宁俱游学,三人相善,时人号三人为'一龙',歆为龙头,原为龙腹,宁为龙尾。"裴松之案:"管幼安含德高蹈,又恐弗当为尾。"

〔33〕文谢:文天祥、谢枋得。南宋末的节义之士。文为烈士,谢为遗民。诗意慨叹清亡后,旧官吏早已忘掉忠节,纷纷出仕新朝。

〔34〕"履霜"句:语本《易·坤》:"初六,履霜,坚冰至。象曰:履霜坚冰,阴始凝也,驯致其道,至坚冰也。"因以喻事态逐渐发展,将有严重后果。

〔35〕"麋鹿"句:典出《史记·淮南衡山列传》:"臣闻子胥谏吴王,吴王不用,乃曰:'臣今见麋鹿游姑苏之台也。'"谓国家政治腐败,定招灭亡。

〔36〕一姓:指王室一族,亦指一个朝代。

〔37〕惵惵:恐惧貌。京与垓:古以十兆为京,十京为垓,因以京垓指众多的民众。

〔38〕曈曈:明亮貌。

〔39〕风节:风骨节操。

以上四句转写日本情况。静安认为日本的君主立宪国体为最好的政体,但又对其崇尚功利颇为不满。

〔40〕鲁税:《左传·宣公十五年》载,鲁国实行初税亩,即据田亩之多少征税,以增加国库收入。诗中以指苛税。

〔41〕燕说:典出《韩非子·外储说》:"郢人有遗燕相国书者,夜书,火不明,因谓持烛者曰'举烛',云而过书'举烛'……燕相受书而说之曰:'举烛者,尚明也;尚明也者,举贤而任之。'"又:"故先王有郢书,而后世多燕说。"因以燕说指穿凿附会之说。

〔42〕折肱:《左传·定公十三年》:"三折肱知为良医。"谓多次折断手臂,就能知治臂之法。此喻饱阅世事而知治国之道。

〔43〕太息:汉贾谊在上文帝《陈政事疏》中论述当时形势,"可为痛哭者一,可为流涕者二,可为长太息者六"。静安在十一月十五日致铃木虎雄信中云:"索送狩野教授诗稿,兹特呈上。惟诗中语意,贵国社会政治前途颇有隐虑,与伦敦《泰姆士时报》意略相同。"

〔44〕平安城:京都古称"平安京"。

〔45〕石室:古代藏图书之室。紬(chōu抽)书:缀辑书籍。

〔46〕缟带:《左传·襄公二十九年》"(吴季札)聘于郑,见子产,如旧相识,与之缟带,子产献纻衣焉。"因以喻深厚的交情。

〔47〕"离朱"二句:离朱,黄帝时人。相传能百步见秋毫之末,或云见千里针锋。见《孟子·离娄上》。赤水,古代神话传说中的水名。《庄子·天地》:"黄帝游乎赤水之北,登乎昆仑之丘而南望,还归,遗其玄珠。"白珩(héng衡),古代佩玉上部的横玉。《国语·楚语下》载,王孙

圉聘于晋,赵简子问:"楚之白珩犹在乎?"王孙圉答曰,白珩未尝为宝,而楚之所宝者,为观射父、左史倚相等贤臣。诗中以离朱喻狩野。祝愿他欧洲之行在学术上有所收获,并认为像狩野这样的读书人才真正是日本的国宝。

〔48〕"勿携"二句:意谓,不要带着我这首诗渡海西行,只怕在途中会引起蛟龙惊觉。古人赞美别人的诗文书画常用此等语,而静安却以形容自己的诗歌,足见其自负之意。

狩野博士,名直喜,字君山。日本京都大学教授。狩野为日本著名的汉学家、敦煌学学者。他曾在1910年到北京调查敦煌遗书的情况,并与静安结交。此时又赴欧洲考察巴黎、伦敦的博物馆所藏敦煌文献,临行前,静安赋此诗以赠。静安于1912年9月27日致铃木虎雄书中说:"狩野先生欧洲之行,本拟作五排送之,得数韵后,颇觉不工,故改作七古,昨已脱稿,兹录呈请教。"后又将此诗与《颐和园词》、《蜀道难》合刊为"壬子三诗",以散发给诗友,可见作者对此诗的重视。

蜀 道 难

对案辍食惨不欢,请为君歌蜀道难。蜀江委蛇几千折〔1〕,峰峦十二烟云间〔2〕。中有千愁与万冤,南山北山啼杜鹃〔3〕。借问谁化此?幽愤古莫比。云是江南开府魂〔4〕,非复当年蜀天子〔5〕。开府河朔生名门〔6〕,文章政事颇绝伦。早岁才名揭曼硕〔7〕,中年书札赵王孙〔8〕。簪笔翩翩趋郎署〔9〕,绣衣一着飞腾去〔10〕。十年持节遍西南,万里皇华光道路〔11〕。

幕府山头幕府开〔12〕,黄金台畔起金台〔13〕。主人朱毕多时誉,宾客孙洪尽上才〔14〕。奉使山林绝驰道〔15〕,幸缘薄谴归田早〔16〕。宝华庵中足百城〔17〕,更将何地堪娱老〔18〕。

〔1〕蜀江:指流经四川的一段长江。委蛇(wēi yí 威移):同"逶迤",弯曲延绵。

〔2〕峰峦十二:指巫山十二峰。

〔3〕杜鹃:传说古蜀帝杜宇,失国后化为杜鹃鸟,鸣声甚悲。后世常以喻失国之君。

〔4〕开府:指高级官员。可成立府署、选置僚属者。作者此诗为端方而作,端方曾为两江总督,故称。

〔5〕蜀天子:指望帝杜宇。《文选·左思〈蜀都赋〉》:"鸟生杜宇之魄。"刘逵注:"《蜀记》曰:'昔有人姓杜名宇,王蜀,号曰望帝。宇死,俗说云宇化为子规。'"

〔6〕河朔:河北。端方世居直隶丰润(今属河北)。

〔7〕"早岁"句:揭傒斯,字曼硕。元代文学家,与虞集齐名。有《揭文安公全集》。欧阳玄《豫章揭公墓志铭》:"天历、至顺中,大臣有荐文士,人主必问之曰:'其才比揭曼硕如何?'"诗意谓端方早岁功名已为皇帝所知。

〔8〕"中年"句:赵王孙,指赵孟頫。赵为宋室之后,故称王孙。元代的书法大家。端方善书法,能作山水小笔,有"满洲才子"之称,因以相况。

〔9〕簪笔:插笔于冠,以备书写。因指仕宦。翩翩:形容风度优美。郎署:端方早年由荫生中举人,入赀为员外郎,迁郎中。故云。

〔10〕绣衣:官名。汉代设绣衣直指之职,又称绣衣御史,杖斧持节,为皇帝特派之执法大员。光绪二十四年(1898),端方为记名御史,故

称。飞腾:谓迅速升迁。端方御史当年即升陕西按察使,翌年护理陕西巡抚,并改任陕西布政使,一路飞黄腾达。

〔11〕皇华(huā花):《诗·小雅》篇名,《序》云:"皇皇者华,君遣使臣也。"因以指皇帝的使臣。光绪三十年,清廷派五大臣出洋考察政治,端方、戴鸿慈由日本转美国,抵欧洲,绕地球一周而返。

〔12〕幕府山:在江苏南京市南。南朝宋元嘉二十五年(448)设武帐于此,故名。幕府开:建立府署。诗中谓端方任两江总督。府署设于江宁(今南京)。

〔13〕黄金台:古台名。又称金台。故址在今河北易县,于易水之南。相传燕昭王所筑,置千金于台上,以延请天下贤士。筑金台,诗中谓端方在直隶总督任上招揽士人。

〔14〕"主人"二句:朱毕,指朱筠、毕沅。朱筠,字竹君,号笥河,顺天大兴(今属北京)人。乾隆十九年进士,为翰林院侍读学士,督安徽、福建学政。毕沅,字纕蘅,一字秋帆,江苏镇洋(今太仓)人。乾隆二十五年进士,授修撰,官至湖广总督。朱、毕二人皆清代学者,又好金石之学,门下士甚多,因以况端方。孙洪,指孙星衍、洪亮吉。孙、洪皆乾嘉年间著名学者。孙氏曾游于朱筠之弟朱珪及毕沅之门下,洪氏亦游于朱筠及毕沅之门下。端方在总督任上时,亦好招宾客。《清史稿·端方传》云:"端方性通侻,不拘小节。笃嗜金石书画,尤好客,建节江、鄂,燕集无虚日,一时文采几上希毕(沅)、阮(元)云。"

〔15〕"奉使"句:端方为直隶总督兼北洋大臣时,适逢慈禧安葬,端方派人沿途照相,又在风水墙内的树上安设电灯电线,结果被弹劾,以"大不敬"之罪名而免职。奉使山林,即指为慈禧安葬事。绝驰道,横越驰道。古时亦为不敬之罪。

〔16〕薄谴:薄责,轻微的责罚。指免官。

〔17〕宝华庵:端方的书斋名。因藏有旧拓《西岳华山碑》而得名。

61

百城:《魏书·逸士传·李谧》:"丈夫拥书万卷,何假南面百城。"因以"百城"指丰富的藏书。

〔18〕娱老:告老还乡,安度晚年。

呜呼,乾嘉以还盛文物,器车争为明时出[19]。士夫好事过欧赵[20],学子考文陋王薛[21]。近来山左数吴陈[22],江左潘吴亦绝伦[23]。开府好古生最后,搜罗颇出诸家右。匋斋著录苦未尽[24],请述一二遗八九。玉刀三尺光芒静[25],宝鸡铜禁尤完整[26]。孤本精严华岳碑[27],千言谟训毛公鼎[28]。河朔穹碑多辇致[29],中馀六代朱文字[30]。丹青一卷顾长康[31],唐宋纷纷等自郐[32]。开府此外无他娱,到处琳琅载后车。颇怪长沙储木屑[33],不愁新息谤明珠[34]。比来辇毂多闲暇,倦夜摩挲穷日夜。自谓青山老向禽[35],那知白首随王贾[36]。

〔19〕器车:《礼记·礼运》:"天降膏露,地出醴泉,山出器车。"古人认为古代的器与车出土,是盛世的祥瑞。

〔20〕好事:谓爱好某种事业。此特指爱好金石书画。欧赵:指欧阳修与赵明诚。两人皆北宋的金石学家。欧阳修撰有《集古录》十卷,赵明诚编有《金石录》三十卷。

〔21〕王薛:指王俅与薛尚功。两人皆南宋的金石学家。王俅有《啸堂集古录》二卷,薛尚功有《历代钟鼎彝器款识法帖》二十卷,皆为宋代所出青铜器的重要著录。陋王薛,以王、薛为陋。

〔22〕山左:指山东。吴陈:指吴式芬与陈介祺。两人皆清末著名的金石学家。吴式芬是山东海丰(今无棣)人,著有《攈古录金文》三卷。

陈介祺是山东潍县人,著有《传古别录》、《十钟山房印举》等。两人又合辑有《封泥考略》十卷。

〔23〕江左:指江南一带。潘吴:指潘祖荫和吴大澂。两人皆江苏吴县人。潘氏著有《攀古楼彝器款识》二卷,吴氏著有《愙斋集古录》二十六册,录有一千零二十六器,间有考释,为清代金文著述中较佳之作。

〔24〕匋斋:端方的斋名。端方著有《匋斋吉金录》八卷、《续录》二卷,附《补遗》。尚有《匋斋藏印》十六卷,《匋斋藏石记》四十四卷,《匋斋藏砖记》二卷,《壬寅消夏录》四十卷。

〔25〕玉刀:此为匋斋珍藏之品。静安《周玉刀跋》云:"浭阳端忠敏公藏古玉刀一,长汉建初尺二尺八寸强,其上涂朱,赤色烂然,忠敏谓即周之赤刀。"

〔26〕宝鸡铜禁:《匋斋吉金录》卷一载"柉楚十二器",光绪二十七年于凤翔宝鸡三十里斗鸡台出土。

〔27〕华岳碑:指《西岳华山庙碑》。碑石久佚,拓本流传仅三册,均为端方所得。

〔28〕毛公鼎:西周晚期铜器。清道光末年出土于陕西岐山。

〔29〕穹碑:圆顶高大的石碑。此指汉魏碑刻。匋斋藏有汉、魏、晋、东魏及唐人碑刻。

〔30〕六代朱文字:指六朝时碑志上的书丹文字。

〔31〕顾长康:顾恺之,字长康。东晋著名画家,善图写人物,逼真细致,为世所重。端方藏顾恺之《洛神赋图》的宋人摹本。

〔32〕等自郐:《左传·襄公二十九年》载,吴公子季札来聘,听乐。"为之歌《陈》,曰:'国无主,其能久乎?'自《郐》以下无讥焉。"在《诗·国风》中,《郐风》排列在后,季札认为《郐》以下更微不足道。

〔33〕长沙:指陶侃。陶侃封长沙郡公,故称。刘义庆《世说新语·政事》:"(陶侃)作荆州时,敕船官悉录锯木屑,不限多少。咸不解此意。

后正会,值积雪始晴,听事厅前除雪后犹湿,于是悉用木屑覆之,都无所妨。"

〔34〕新息:指马援。马援封新息侯,故称。谤明珠:《后汉书·马援传》载,马援征交趾军还,载归薏苡一车。后被人诽谤谓所载还皆明珠文犀。

四句意说,端方搜集古文物,人皆以为无用之物,故不愁被谤。

〔35〕向禽:向长与禽庆的合称。《后汉书·逸民传》:"向长,字子平,河内朝歌人也,隐居不仕……与同好北海禽庆俱游五岳名山,不知所终。"

〔36〕王贾:王粲与贾谊的合称。王粲为东汉末文学家,曾避乱荆州依刘表。贾谊为西汉文学家,曾被谗贬为长沙王太傅。宣统三年(1911),端方被清廷起用,赴湖北带兵。王、贾俱青年南行,因以设喻。

铁官将作议纷纭,诏付经营起重臣。又报烽烟昏玉垒,便移旌节上荆门[37]。玉垒荆门路几许,可怜遍地生榛莽。木落秋经滟滪堆[38],风高暮宿彭亡聚[39]。提兵苦少贼苦多,纵使兵多且奈何。戏下自翻汉家帜[40],帐中骤听楚人歌[41]。楚人三千公旧部[42],数月巴渝共辛苦[43]。朝趋武帐呼元戎,暮叩辕门诟索虏[44]。彻侯万户金千斤,首级还须赠故人。此意公私君莫问,此时恩怨两难论[45]。爱弟相随同玉碎[46],赠官赐谥终何济。铜鼓聊当《蒿里》歌[47],铁笼便是东园器[48]。杀胡林中作帝豝[49],蜀盐几斛相交加。留取使君生面在[50],顺流直下长风沙[51]。南楼到日人人识[52],犹忆使君曾驻节[53]。将军置卫为周防[54],父老遥看暗呜咽。昔闻暴抗汉与明[55],规摹还使后人惊。和州有庙祠余阙[56],西楚何亲葬谷城[57]。即今蛮邸悬头久[58],枯骨犹闻老兵守。白狄谁归先轸元[59],朱玚空请王琳首[60]。玉轴牙签尽作尘[61],《兰亭》殉葬更无因[62]。颇闻纪甗归齐国[63],复道龙文委水滨[64]。首在荆南身在蜀[65],归魂日夜西山麓[66]。千里空驰江上心,一时已抉城门目[67]。可怜萧瑟满江潭,无限江南与汉南[68]。莫向翠微旧山色[69],西风落木归来庵[70]。

[37]"铁官"四句:铁官,秦汉官名。主管冶铁。将作,秦汉官名。掌管营建之事。玉垒,山名。在今四川灌县北。此代指四川。旌节,使者所持之节,以为凭信。荆门,今四川宜都。宣统三年四月初十日(1911年5月8日),皇族内阁成立,宣布铁路干线国有。川鄂湘粤四省掀起保路风潮,反对铁路国有。端方被清廷起用为粤汉、川汉铁路大臣。四川民众罢市罢课,川督赵尔丰开枪镇压。端方奉命带湖北新军入川办理川事。

[38]滟滪堆:长江瞿塘峡口的险滩。在四川奉节县东。

[39]彭亡:《后汉书·岑彭列传》载,公孙述命人于资中拒岑彭之兵。彭使精骑破荆门,入武阳。"彭所营地名'彭亡',闻而恶之,欲徙,会日暮,蜀刺客诈为亡奴降,夜刺杀彭。"

以上四句写端方率兵自湖北入四川,沿途荒凉破败。九月二十八日(11月18日)端方行抵资中,不敢再前进。诗用"彭亡"之典,既点出地名,亦为端方之死作伏笔。

[40]戏(huī麾)下:同"麾下"。主将旌麾之下,指部下。

[41]"帐中"句:典出《史记·项羽本纪》:"项王军壁垓下,兵少食尽,汉军及诸侯兵围之数重。夜闻汉军四面皆楚歌,项王乃大惊曰:'汉

皆已得楚乎？是何楚人之多也！'项王则夜起,饮帐中。"

四句写端方兵驻资中,已陷入四川保路同志军的包围之中,连自己的部下也叛变了。

〔42〕楚人三千:指端方所带的湖北新军两千人。

〔43〕巴渝:指四川东部和重庆地区。吴庆坻《端总督传》:"公至汉口,诏率师入川查办,寻罢蜀督,命公署理。八月至重庆而鄂变作。九月进次资州。"

〔44〕索虏:南北朝时南人对北方外族的蔑称。索,指发辫。清末时汉人亦骂满人为索虏。端方为旗人,故被新军中的革命党人诟骂。

〔45〕"彻侯"四句:彻侯,即通侯。秦汉时二十级军功爵中的最高级。食邑万户。多授予有功的异姓大臣。《史记·项羽本纪》载,项羽在乌江边被汉军追击,"顾见汉骑司马吕马童。曰:'若非吾故人乎?'马童面之,指王翳曰:'此项王也。'项王乃曰:'吾闻汉购我头千金,邑万户,吾为若德。'乃自刎而死"。五汉将分持项王尸首,皆封侯。葛虚传《清代名人轶事》载,陆军第三十一标随端方入川靖乱,至资州。十月初七晨,众兵举三十一标第一营督队官陈正藩为鄂军总司令,"即以资州城内天上宫为司令部。陈当派队将端方行辕包围,将端弟兄捉至天上宫处以死刑"。四句写端方被革命党人所杀。

〔46〕爱弟:指端方之弟端锦。玉碎:喻坚贞不屈而死。端锦从兄入川,事变起,被杀。事闻,朝廷赠端方太子太保,谥忠敏;端锦谥忠惠。

〔47〕铜鼓:西南地区少数民族祭神的乐器。《蒿里》歌:古挽歌名。谓人死魂魄归于蒿里。

〔48〕铁笼:端方被杀后,革命党人以铁笼函其首。东园器:指棺材。《汉书·佞幸传·董贤》"东园秘器"颜师古注引《汉旧仪》:"东园秘器作棺梓,素木长二丈,崇广四尺。"

〔49〕杀胡林:地名。在今河北栾城县西北。辽太宗耶律德光死于

杀胡林。此借指端方死事之所。帝羓(bā巴):《旧五代史·契丹传》载,辽太宗死后,"契丹人破其尸,摘去肠胃,以盐沃之,载而北去,汉人目为'帝羓'焉"。

〔50〕使(shì试)君:对奉命出使的人的尊称。

〔51〕长风沙:沙洲名。在安徽安庆附近的长江中,现已并入长江北岸。诗中借指武昌。

以上八句写革命党人以铁笼函端方之首送致武昌。

〔52〕南楼:东晋征西将军庾亮镇守武昌时曾登城南楼观赏风光,后人遂于武昌建南楼以为纪念。诗中借指武昌。

〔53〕驻节:大官于外执行使命,在当地住下。节,符节。

〔54〕将军:指武昌起义的将领。周防:谨密防护。

〔55〕暴抗:暴猛抗直。《史记·佞幸列传》:"高祖至暴抗也,然籍孺以佞幸。"

〔56〕和州:今安徽和县。余阙:元末大臣。为都元帅、江淮行省参知政事。驻守安庆。陈友谅攻安庆,城陷,自杀。明太祖诏立庙于忠节坊,命有司岁时致祭。

〔57〕谷城:在今山东平阴。《史记·项羽本纪》:"始,楚怀王初封项籍为鲁公,及其死,鲁最后下,故以鲁公礼葬项王谷城。汉王为发哀,泣之而去。"

以上四句谓革命党人不如汉高祖、明太祖那样敬重敌方的英烈。

〔58〕蛮邸:南蛮的官邸。指南方革命党人的官府。

〔59〕白狄:我国古代西北地区少数民族之一。狄族的别种。先轸:即原轸。春秋时晋大将。《左传·僖公三十三年》载,狄伐晋,先轸免胄入狄师,被杀。狄人归其头颅。元:元首,即人头。

〔60〕朱玚:南朝梁骠骑府仓曹参军。琳败,入齐。王琳:南朝梁将帅。字子珩,会稽山阴(今浙江绍兴)人。梁元帝时遭忌出为广州刺史。

67

梁亡,降于北齐。因军功封会稽郡公、巴陵郡王。陈将吴明彻来攻,围寿阳。王琳兵败被杀。《北齐书·王琳传》载,王琳被杀后,"传首建康,悬之于市。琳故吏梁骠骑府仓曹参军朱玚,致书陈尚书徐陵求琳首……持其首还于淮南"。

以上四句以先轸、王琳设喻,谓革命党人不肯归还端方的头颅。

〔61〕玉轴:以玉为饰的卷轴。牙签:以象牙制成的书签。

〔62〕《兰亭》殉葬:《兰亭》,指《兰亭序》。东晋王羲之书。唐时为太宗所得。太宗死,以之殉葬。端方藏有宋拓定武本《兰亭序》,被称为海内寡双之品。

〔63〕纪甗(yǎn演):为齐国灭纪国时所得的铜器。诗中指端方所藏的铜器已被革命党人取得。

〔64〕龙文:喻雄伟的文笔。此指端方的著述。

〔65〕荆南:荆州之南。指武昌。

〔66〕西山:在北京城西北。此指皇帝所在的地方。

〔67〕"一时"句:用春秋吴国伍子胥之典。《史记·吴太伯世家》载,吴国大夫伍子胥劝吴王夫差拒绝越国求和,夫差不听,赐子胥死。子胥临死时说:"抉吾眼置之吴东门,以观越之灭吴也。"诗中用"抉目"典,亦欲以观革命党人之败。按,端方死后,鄂军迎丧至汉口殓葬。静安之言不确。

〔68〕"可怜"二句:典出庾信《枯树赋》:"桓大司马闻而叹曰:'昔年种柳,依依江南;今看摇落,凄怆江潭。树犹如此,人何以堪!'"

〔69〕翠微:苍翠的山色。

〔70〕归来庵:端方的书斋名。诗中用此,暗有"魂兮归来"之意。

以上四句写自己的感触。世事发生巨大的变化,心中无限悲凉。

以上为第三段。写端方复出及率兵入川到被杀的经过。

此诗为端方作。端方,字午桥,号匋斋。托忒克氏,满洲正白旗人。历任河南布政使、湖北巡抚、摄湖广总督、两江总督、直隶总督。罗振玉任江苏师范学堂监督、学部参事官,即端方所荐。辛亥革命起,端方率鄂军入川,部众皆变,端方为军官刘怡凤所杀。此诗叙述端方的生平事迹及学术成就,揄扬备至,对其被杀过程更详细描写,并深表惋惜。

咏史(五首)癸丑

一

六龙时御天[1],肇迹玄黄战[2]。牧野始开周[3],垓下遂造汉[4]。洛阳缚二竖[5],唐鼎初云奠。赵宋号孱王[6],神武耀淮甸[7]。棱威既旁薄[8],大号乃涣汗[9]。六合始抟心[10],群丑亦革面[11]。令行政自举,病去利乃见。游士复庠序[12],征夫归陇畔。百年开太平,一日资涂炭。自非舜禹功,漫侈唐虞禅[13]。

〔1〕"六龙"句:《易·乾》:"大明终始,六位时成,时乘六龙以御天。"六龙,本指《易》乾卦的六爻。此以象征君主的统治。

〔2〕肇迹:肇始,开始。玄黄战:《易·坤》:"龙战于野,其血玄黄。"龙战时血流于地,混合成青黄之色。

两句意说,王朝的开创,始于战争。

〔3〕"牧野"句:牧野,在商朝之都朝歌南七十里,即今河南淇县。

69

周武王伐纣,在牧野大败商军,进占朝歌,纣自焚死。商亡。史称"牧野之战"。

〔4〕"垓下"句:垓下,在今安徽灵璧县东南。《史记·项羽本纪》载,刘邦围困项羽于垓下,大败楚军。项羽自杀。

〔5〕二竖:指王世充与窦建德。王世充据东都洛阳称帝,唐太宗进兵围洛阳。窦建德自河北来救,兵败被擒。洛阳破,王世充、窦建德俱被杀。

〔6〕孱王:懦弱的君王。有宋一代积弱,故后世有"孱王"之称。

〔7〕淮甸:淮河流域地区。五代十国时,南唐占据今淮南、江苏、江西一带。宋太祖赵匡胤出兵平南唐,统一中国。

〔8〕棱威:威严,威势。旁薄:广大,宏伟。

〔9〕"大号"句:语本《易·涣》:"九五,涣汗其大号。"涣汗大号,谓帝王之号令,如人之汗,一出而不可收。

〔10〕六合:天地四方。指天下、人世间。抟(zhuān 专)心:同"专心"。

〔11〕革面:《易·革》:"小人革面,顺以从君也。"后以喻彻底改悔。

〔12〕游士:古时四处进行游说活动的士子。庠序:古代的地方学校。此处泛称学校。

〔13〕"百年"四句:开创了百年的太平基业,但一日之间却遭到了灾难摧残。唉,有人本来就没有立过舜、禹那样的功劳,那就不要乱谈什么唐、虞的禅让了。涂炭,泥淖和炭灰。比喻艰困、灾祸。舜禹、唐虞,见《坐致》诗注。侈,夸耀、夸大。禅(shàn 善),以帝位让给人。《孟子·万章上》:"孔子曰:'唐虞禅,夏后殷周继,其义一也。'"唐尧禅让给虞舜,虞舜禅让给夏禹,古人认为是"大圣之懿事"。

诗中历述周、汉、唐、宋创业之艰,末二句谓袁世凯并无赫赫之功而取得大位,还夸耀说是唐虞禅让般的懿事。

二

先王号圣贤[1],后王称英雄[2]。英雄与圣贤,心异术则同。非仁民弗亲,非义士莫从。智勇纵自天[3],饥溺思在躬[4]。要令天下肥[5],始觉一身崇。百世十世量[6],早在缔构中[7]。黄屋何足娱[8],所娱以其功。成家与仲家[9],奄忽随飘风。所以曹孟德,犹以汉相终[10]。

〔1〕先王:指上古贤明的君主。

〔2〕后王:后世继起的君主。

〔3〕纵自天:天所放任,意谓上天所赋予。

〔4〕饥溺:《孟子·离娄下》:"禹思天下有溺者,由己溺之也;稷思天下有饥者,由己饥之也,是以如是其急也。"

以上四句谓君主应以仁义为治术,关心民众疾苦。

〔5〕天下肥:《礼记·礼运》:"天子以德为车,以乐为御,诸侯以礼相与,大夫以法相序,士以信相考,百姓以睦相守,天下之肥也。"

〔6〕"百世"句:戴德《大戴礼记·武王践阼》:"以仁得之,以仁守之,其量百世;以不仁得之,以仁守之,其量十世。"

〔7〕缔构:犹缔造。此指王朝的开创经营。

〔8〕黄屋:古代帝王专用的黄缯帝盖,亦为帝王所居宫室,因以指帝位。

〔9〕成家:东汉初年公孙述占据成都,自立为帝,号成家。建武十一年,为吴汉所败,族灭。仲家:东汉末袁术占有江淮,自立为帝,号仲家。两年后,为曹操所破,病死。

〔10〕"所以"二句：孟德，曹操之字。曹操于建安十三年进位为丞相，专断国事，后又加封魏王，但始终没有篡夺帝位，故诗人说他"犹以汉相终"。

此首写古代的圣贤与英雄，皆以仁义治天下，为国家百世着想。末二句以曹操设喻。谓袁世凯不如曹操，他不能与清朝相终而阴谋夺权篡位。

三

典午师曹公，世亦师典午[1]。赫赫荀贾辈[2]，所计在门户。师尹既多辟[3]，庶政乃无度[4]。季伦名家子[5]，文采照区宇[6]。堂堂南州牧，乃劫西域贾[7]。祖逖出东塘[8]，戴渊踞淮浦[9]。虎狼在堂室，徙戎复何补[10]。神州遂陆沉[11]，百年委榛莽。寄语桓元子，莫罪王夷甫[12]。

〔1〕"典午"二句：典午，指魏、晋的司马氏。曹公，指曹操。曹操为汉献帝之丞相，掌握军国大权，处心积虑为其子曹丕篡汉做好准备。两句谓司马氏之篡魏与曹氏之篡汉如出一辙，后世之乱臣贼子亦竞相效法，宋、齐、梁、陈亦皆以"禅让"而登帝位。

〔2〕赫赫：显赫盛大貌。荀贾：指荀彧与贾充。荀彧，曹操的谋士，建议迎汉献帝都于许，使曹操取得有利形势。贾充，司马氏的亲信，曹魏时任大将军司马、廷尉，参与司马氏篡魏的阴谋。

〔3〕师尹：本指周太师尹氏，后作三公之称。多辟：即"多僻"。多邪僻。干宝《晋纪总论》："察庚纯、贾充之事，而见师尹之多僻。"

〔4〕庶政：各种政务。

〔5〕季伦:西晋石崇之字。石崇为石苞之子,石苞曾鼓吹司马氏篡魏,封乐陵郡公,故称崇为"名家子"。石崇能诗文,今尚存文九篇,诗十首。

〔6〕区宇:境域,天下。

〔7〕"堂堂"二句:南州牧,石崇曾为南中郎将、荆州刺史,领南蛮校尉,加鹰扬将军。《晋书·石崇传》:"崇颖悟有才气,而任侠无行检。在荆州,劫远使商客,致富不訾。"

〔8〕祖逖:东晋名将。晋元帝时豫州刺史,曾率部渡江,中流击楫发誓,以表收复中原的决心。《世说新语·任诞》载,祖逖过江时,曾在南塘使健儿鼓行劫抄。南塘,秦淮之南塘岸。诗中谓"东塘",当为笔误。

〔9〕戴渊:东晋征西将军。《世说新语·自新》:"戴渊少时游侠,不治行检,尝在江淮间攻掠商旅。"

〔10〕徙戎:逼使移居中原的少数民族迁徙境外。《晋书·江统传》:"统深惟四夷乱华,宜杜其萌,乃作《徙戎论》。"

〔11〕陆沉:比喻国土沦陷于敌手。

〔12〕"寄语"二句:桓元子,东晋权臣桓温,字符子。桓温在永和年间,灭成汉,攻前秦,入关中。后收复洛阳,屡请还都,不果。王夷甫,西晋大臣王衍之字。王衍喜谈老庄,任宰相时专谋自保,政治腐败,引发永嘉之乱,王衍被石勒俘杀。《世说新语·轻诋》:"桓公入洛,过淮泗,践北境,与诸僚属登平乘楼,眺瞩中原,慨然曰:'遂使神州陆沉,百年丘墟,王夷甫诸人不得不任其责。'"

本诗专论晋代历史,谓司马氏政权为篡位所得,大臣将领皆行邪僻,以导致祸乱发生,中原大地遂陷异族之手。用意是讥讽袁世凯政权下,皆虎狼之辈,必将使中国陷于陆沉的境地。

73

四

塞北引弓士,塞南冠带民[1]。耕牧既殊俗,言语亦异伦。三王大一统[2],乃以禹迹言[3]。大幕空度汉[4],长城已筑秦[5]。古来制漠北[6],独有唐与元。元氏储祥地[7],唐家累叶婚[8]。神尧出独孤[9],官氏北地尊。英英文皇帝[10],母后黑獭孙[11]。用兹代北武[12],纬以江左文[13]。婉娈服弓马[14],潇洒出经纶[15]。蕃将在阃外[16],公主过河源[17]。所以天可汗[18],古今唯一人[19]。

　　[1]"塞北"二句:引弓,持弓。谓善于骑射。冠带,戴帽子与束腰带,古代汉人的服饰。两句语本《史记·匈奴列传》引汉孝文帝遗匈奴书:"先帝制:长城以北,引弓之国,受命单于;长城以内,冠带之室,朕亦制之。"

　　[2]三王:指夏、商、周三代开国之君。大一统:《公羊传·隐公元年》:"何言乎王正月?大一统也。"后因称封建王朝统治全中国为大一统。

　　[3]禹迹:相传夏禹治水,足迹遍于九州。因称中国的疆域为禹迹。

　　[4]大幕:同"大漠"。

　　[5]长城:《史记·匈奴列传》:"于是秦有陇西、北地、上郡,筑长城以拒胡。"

　　[6]漠北:指蒙古高原大沙漠以北的地区。即外蒙古。

　　[7]储祥:聚集吉祥。储祥地,犹言发祥地,帝王开基创业之所。

　　[8]累叶:累世。

〔9〕神尧:指唐高祖李渊。其庙号为"神尧大圣大光孝皇帝"。独孤:独孤氏是北朝的著姓。北周大司马独孤信的四女儿嫁给李虎之子李昞,即李渊之父。

〔10〕英英:特立杰出貌。文皇帝:指唐太宗李世民。其庙号为"文武大圣大广孝皇帝"。

〔11〕黑獭:北周开创者周文帝宇文泰之字。唐太宗之母窦氏,其父窦毅,尚周文帝第五女襄阳公主。窦氏即宇文黑獭的外孙女。

以上四句说明"唐家累叶婚"句意。

〔12〕代北:代,指代州。今山西代县。代北,唐代指云、朔、蔚、忻、代五州。今山西北部地区。

〔13〕江左:江东。今芜湖、南京长江河段以东地区。

〔14〕婉娈:年少美好貌。诗中以指少女。弓马:指骑射。

〔15〕经纶:筹划治理国事。

〔16〕蕃将:指少数民族的将领。蕃将多为部落首领,亦为唐贞观年间的主要武将。《新唐书·诸夷蕃将列传》有史大奈、阿史那社尔、执失思力、契苾何力、黑齿常之、李谨行等蕃将传。阃(kǔn 捆)外:京城以外。

〔17〕"公主"句:《旧唐书·太宗本纪》载:贞观十四年(640)二月,"送弘化公主归于吐谷浑";十五年正月,"吐蕃遣其国相禄东赞来逆女。丁丑,礼部尚书、江夏王道宗送文成公主归吐蕃"。

〔18〕天可汗:《旧唐书·太宗本纪》载,贞观四年(630)"夏四月丁酉,御顺天门,军吏执颉利以献捷。自是西北诸蕃咸请上尊号为'天可汗',于是降玺书册命其君长,则兼称之"。天可汗为突厥语意译,即谓天下之君长。

〔19〕"古今"句:《旧唐书·太宗本纪》史臣曰:"况周发、周成之世袭,我有遗妍;较汉文、汉武之恢弘,彼多惭德。迹其听断不惑,从善如流,千载可称,一人而已。"

此诗当为中国边境形势而作。辛亥革命爆发后不久,帝国主义加强分裂中国的阴谋活动。1911年12月,在俄国的策动下。外蒙古宣布独立,中华民国政府不予承认。

五

少读陶杜诗,往往说饥寒[1]。自来夸毗子[2],焉知生事艰。子云美笔札[3],邀游五侯间[4]。孔璋檄豫州[5],矢在袁氏弦[6]。魏台一朝建[7],书记又翩翩[8]。文章诚无用,用亦未为贤。青春弄鹦鹉,素秋纵鹰鹯[9]。咄咄扬子云[10],今为人所怜。

〔1〕"少读"二句:陶渊明《饮酒》"饥寒况当年"、"饥寒饱所更"。杜甫《因崔五侍御寄彭高州》"秋至转饥寒",《遣兴五首》"饥寒永相望"。

〔2〕夸毗(pí皮):指阿谀媚附之小人。

〔3〕子云:汉代谷永之字。荀悦《汉纪·成帝纪》:"谷子云之笔札。"谷永为王氏上客。《汉书·谷永传》载谷永曾奏书王凤、王谭、王音等权贵,又为王根所荐,征入为大司农。

〔4〕五侯:汉成帝之舅王谭、王商、王立、王根、王逢时五人同日封侯,世称"五侯"。

〔5〕孔璋:东汉末文学家陈琳之字。陈琳曾避难冀州,依附袁绍。作《为袁绍檄豫州文》,声讨曹操。豫州:时刘备为豫州刺史。

〔6〕"矢在"句:语本晋王沈《魏书》:"太祖(指曹操)平邺,谓陈琳曰:'君昔为本初(袁绍之字)作檄书,但罪孤而已,何乃上及父祖乎?'琳

谢曰:'矢在弦上,不得不发。'太祖爱其才,不咎。"

〔7〕魏台:曹操在建安十五年冬于邺城建铜雀台,后人称为魏台。

〔8〕"书记"句:东汉末文学家阮瑀,字符瑜,有才华风度。曹操任为司空军谋祭酒,管记室,为作军国书檄。曹丕《与吴质书》:"元瑜书记翩翩,致足乐也。"

〔9〕"青春"二句:回应上文的"夸毗子"。当有两重含义,一是写其游手好闲的生活;一是讽刺其处世态度:时如鹦鹉般随人可否,时如鹰鹯般残暴无情。青春,指春天。春季草木繁茂青碧,故称。素秋,指秋天。秋于五行中属金,其色白,故称。《礼记·月令》:"立秋之日,鹰乃击。"

〔10〕咄咄:嗟叹声。扬子云:即扬雄。见《尘劳》诗注。

此首当讥刺袁世凯手下的文人谋士。"矢在袁氏弦"一句,直点本旨。

《咏史》五首,作于1913年2月。名为咏史,实则借古讽今。时袁世凯已窃据中华民国临时大总统之职位,诗人身在日本,心怀故国,对袁氏的阴谋反复尤为憎恨,故诗语颇为愤激。

昔游(六首)

一

端居爱山水[1],懒性怯游观。同游畏俗客,独游兴易阑。行役半九州[2],所历多名山。舟车有程期[3],筋力愁跻攀。穷幽岂不快[4],资想讵足欢[5]。亦思追昔游,揽笔空汗颜[6]。

〔1〕端居:平常居处。
〔2〕行役:行旅,出行。
〔3〕程期:特定的日期,期限。
〔4〕穷幽:穷尽幽胜之所。
〔5〕讵:哪里,难道。
〔6〕汗颜:脸上出汗。形容羞愧。
此首概述昔游。谓自己虽爱山水而少游览,故追忆时感到汗颜。

二

我本江南人,能说江南美。家家门系船,往往阁临水[1]。兴来即命棹[2],归去辄隐几[3]。远浦见萦回,通川流浼弥[4]。春融弄骀荡[5],秋爽呈清泚[6]。微风葭菼外[7],明月荇藻底〔8〕。波暖散凫鹥〔9〕,渊深跃鳏鲤〔10〕。枯槎鱼网挂〔11〕,别浦菱歌起〔12〕。何处无此境,吴会三千里〔13〕。

〔1〕"我本"四句:写静安家乡海宁一带的风景。
〔2〕命棹:乘船。
〔3〕隐几:靠着几案。
〔4〕通川:流通的河川。浼(měi美)弥:水满貌。
〔5〕春融:春气融和。亦指春暖冰融。骀(dài殆)荡:荡漾,舒缓起伏。
〔6〕清泚(cǐ此):清澈。谢朓《始出尚书省》诗:"邑里向疏芜,寒流自清泚。"
〔7〕葭菼(jiā tǎn加坦):芦与荻。两种水生植物。
〔8〕荇(xìng幸)藻:荇,荇菜。水生植物,嫩叶可食。藻,水藻。
〔9〕凫鹥(yī衣):鸭和鸥鸟。泛指水鸟。《诗·大雅·凫鹥》:"凫鹥在泾。"
〔10〕鳏(yǎn演)鲤:鲶鱼和鲤鱼。
〔11〕枯槎:指老树的枝丫。
〔12〕别浦:河流入江海之处。
〔13〕吴会(kuài快):吴郡和会稽郡。泛指苏杭地区。
此首写江南水乡的美景,饱含作者对故乡的深情。

三

西湖天下胜,春日四序最〔1〕。我行值暮春,山路雨初霁。言从金沙港〔2〕,步至云林寺〔3〕。山川气苏醒,卉木昼融泄〔4〕。

79

老干缀新绿,丛篁积深翠。林际荡湖光,石根漱寒濑[5]。新莺破寂寥,时出高柳外。兹游犹在眼,流水十年事[6]。

〔1〕四序:四季。

〔2〕言:发语词,无义。金沙港:在杭州西湖西北的岳湖边,金沙涧出口处。

〔3〕云林寺:即灵隐寺。在北高峰下,飞来峰前。寺中天王殿上悬有"云林禅寺"匾额,为康熙帝的手笔。

〔4〕融泄:流动貌。何晏《景福殿赋》:"随云融泄。"

〔5〕寒濑:清寒的溪水。

以上六句极写西湖溪山之美。

〔6〕"流水"句:韦应物《淮上喜会梁州故人》诗:"浮云一别后,流水十年间。"

四

二年客吴郡[1],所赏郡西山。买舟出西郭[2],清光照我颜。东风开垂柳,一一露烟鬟[3]。远望殊无厌,近揽信可餐[4]。天平石尤胜[5],巧匠穷雕镂。想当洪蒙初[6],此地朝群仙[7]。尽将白玉笏,插在苍崖颠。仰跻隥道绝[8],俯视丘壑妍。谷中颇夷旷[9],有庐有田园。玉兰数百树,烂漫向晴天。淹留逮日暮[10],坐见飞鸟还。题名墨尚在,试觅白云间[11]。

〔1〕吴郡:汉代置吴郡,治所在吴县。即今江苏苏州。静安于光绪

三十年(1904)冬到三十一年冬两年间,在苏州任教于江苏师范学堂。

〔2〕买舟:雇船。

〔3〕烟鬟:喻云雾缭绕的峰峦。

〔4〕可餐:秀色可餐。此以形容山水的秀丽。

〔5〕天平:山名。在苏州灵岩山北,距苏州三十里。因山顶正平,故名。山中多奇峰怪石,以卓笔峰、龙门、万笏林诸景尤为著名。

〔6〕洪蒙:宇宙开辟前的混沌状态。

〔7〕朝群仙:天平山有"万笏朝天"之景。许多石柱、石峰如群臣持笏朝见皇帝般直立如林。笏,古代官员上朝时所持的手板。

〔8〕磴(dèng凳)道:由石级组成的山路。

〔9〕夷旷:平坦开阔。

〔10〕淹留:逗留,久留。

〔11〕题名:指在山崖或墙壁上留名题记。"题名"两句是别后想象之词。

五

大江下岷峨,直走东海畔。我行指夏口,所见多平远[1]。振奇始豫章[2],往往成壮观[3]。马当若连屏[4],石脚插江岸。窈窕小姑山[5],微茫湖口县[6]。回首香炉峰[7],飞瀑挂天半。玉龙升紫霄[8],头角没云汉[9]。昏旦变光景[10],阴晴殊隐现。几时步东林[11],真见庐山面。

〔1〕"大江"四句:岷峨,岷山和峨眉山的合称。夏口,即今武汉市汉口。地当夏水(汉水下游的古称)入长江处,故名。静安于光绪二十

七年(1901)春赴武昌,参与罗振玉主持的译述农书之事。

〔2〕振奇:显示出奇特。豫章:古郡名。治所在今江西南昌。

〔3〕壮观(guàn 贯):雄伟的景观。

〔4〕马当:山名。在今江西彭泽县东北长江南岸。

〔5〕窈窕:本形容女子的娴静美好。诗中山名小姑,用此语尤为贴切。小姑山:即小孤山。屹立于今江西彭泽县北长江中。一峰独立,故名孤山,后讹为小姑山,有寺供奉"小姑"之像。

〔6〕湖口县:在今江西鄱阳湖通长江之口,故名。

〔7〕香炉峰:庐山北部名峰。其峰尖圆,烟云聚散,如博山香炉之状,故名。山中多瀑布。

〔8〕玉龙:喻瀑布。紫霄:高空。

〔9〕云汉:银河,天河。指云霄。

〔10〕光景:风光,景象。

〔11〕东林:寺院名。在庐山西北麓。为我国佛教净土宗发源地。东晋僧人慧远所建。

此诗写江行所见的美景。格调颇近姜夔同题之作。

六

京师厌尘土,终日常掩关[1]。西山朝暮见[2],五载未一攀。却忆军都游[3],发兴亦偶然。我来自南口[4],步步增高寒。两崖积铁立,一径羊肠穿。行人入瞽井[5],羸马蹴流泉。左转弹琴峡[6],流水声潺潺。夕阳在峰顶,万杏明倚天。暮宿青龙桥[7],关上月正圆。溶溶银海中,历历群峰巅。我欲从驼纲[8],北去问居延[9]。明朝入修门[10],依旧尘埃间。

〔1〕掩关:闭门。

〔2〕西山:北京西郊的山岭。中以香山为最著。"西山晴雪"为燕京八景之一。

〔3〕军都:即居庸山。在今北京市昌平西北。崇山峻岭,树森葱茏。"居庸叠翠"为燕京八景之一。

〔4〕南口:指居庸关的南边关口,为北京西北的门户,又称西关、军都关。

〔5〕眢(yuān 渊)井:枯井,无水之井。

"两崖"四句极写居庸之险。

〔6〕弹琴峡:居庸关中的峡谷。《日下旧闻考·边障》:"居庸关有弹琴峡,水流石罅,声若调琴。"

〔7〕青龙桥:《日下旧闻考·边障》:"上关七里至弹琴峡,上有佛阁,又七里为青龙桥,道东有小堡。"

〔8〕驼纲:指运货的骆驼队。

〔9〕居延:古边塞名。故城在今甘肃额济纳旗西北。汉路博德修筑以防匈奴入侵。

〔10〕修门:楚国郢都的城门。《楚辞·招魂》:"魂兮归来,入修门些。"诗中指北京城。

末两句用"招魂"之意,以表对故国京城的怀念。

此首回忆在北京游历的情景。

组诗作于1913年。时静安仍旅居日本京都,因历书生平游踪所至,以寄托其故国之思。

83

游仙（三首）乙卯

一

金册除书道赐秦，西垂伫见霸图新[1]。已缘获石祠陈宝，更喜吹箫得上真[2]。鹑首山河归版籍[3]，凤台歌吹接星辰[4]。谁知一觉钧天梦[5]，寂寞祈年馆下人[6]。

〔1〕"金册"二句：金册，即"金策"。记载帝王诏命的连编简策。除书，拜授官职的文书。赐秦，语本张衡《西京赋》："昔者大帝说秦缪（穆）公而觐之，飨以钧天广乐。帝有醉焉，乃为金策，锡用此土，而剪诸鹑首。"又，庾信《哀江南赋》："惜天下之一家，遭东南之反气。以鹑首而赐秦，天何为而此醉！"鹑首，星次名。古以为秦之分野，因指秦地。西垂，即西陲。西方。霸图，霸业。两句谓袁世凯取得政权。

〔2〕"已缘"二句：上句典出张华《列异传·陈仓宝鸡》。谓"秦穆公时，陈仓人掘地得物，若羊非羊，若猪非猪，牵以献穆公。道逢二童子曰：'此为媪述，常在地中，食死人脑。若欲杀之，以柏插其首。'媪曰：'此二童子名为鸡宝，得雄者王，得雌者伯。'陈仓人舍之，逐二童子。二童化为雉，飞入于林。陈仓人告穆公，发徒大猎，果得其雌，又化为石，置之汧、渭之间，至文公立祠，名陈宝。"下句典出刘向《列仙传》。谓秦穆公之女名弄玉，善吹箫，嫁与萧史。萧史遂教弄玉作凤鸣，吹箫似凤声，凤凰来止其屋。穆公为作凤台。后弄玉乘凤，萧史乘龙，升天而去。秦为作凤

女祠。上真,神仙。真仙。上句写袁氏,下句写袁氏门下攀龙附凤的人皆得进用。

〔3〕版籍:版图,疆域。

〔4〕歌吹(chuì 垂去声):歌声和音乐声。吹,管乐。

〔5〕钧天梦:《史记·赵世家》载,赵简子曾梦到天帝之所,"与百神游于钧天,广乐九奏万舞,不类三代之乐,其声动人心"。

〔6〕祈年馆:秦穆公的宫殿名。又称祈年观、祈年宫。

末两句意谓袁世凯的大业不过是一场梦幻而已。

二

十赉文成九锡如[1],三千剑履从云车[2]。临轩自佩黄神印,受箓教披素女书[3]。金检赤文供劾召,云窗雾阁榜清虚[4]。诙谐讵奈东方朔[5],苦为虚皇注起居[6]。

〔1〕十赉(lài 籁)文:道教语。指颁与修道者十种赏赐的文章。皮日休《怀华阳润卿博士》诗之三"十赉须加陆逸仲"句自注:"十赉,犹人间九锡也。"九锡:天子赐给诸侯大臣的九种器物,为最高的礼遇。古代篡位者如王莽等亦每以邀九锡为先声。

〔2〕剑履:古代大臣佩剑着履上朝,是为荣宠。云车:仙人的车乘。以上二句写袁世凯攫取了国家最高权力。

〔3〕"临轩"二句:临轩,帝王不坐正殿而御前殿。殿前堂陛有槛循如车之轩,故称。黄神印,道教神印。诗中借以指皇帝玺印。受箓,道教徒授受符箓。箓,一种道教符书。崇信道教的皇帝登基时亦受箓。披,披阅。素女书,指养生术、房中术书籍。素女,传说中的神女,与黄帝同

时,相传曾为黄帝之师,传授房中术。上句写袁世凯攫取政权,自为大总统,下句写其荒淫的生活。

〔4〕"金检"二句:检,封缄。古代简牍以竹木简为之,穿以绳,于结上封泥钤印,谓之检。金检,谓以金泥为检。赤文,赤色的图文。谶纬家以为帝王受命之祥瑞,道教符书亦用丹书赤文。劾召,道教以符箓法术降伏鬼魅及摄召鬼神。云窗雾阁,韩愈《华山女》诗:"云窗雾阁事慌惚,重重翠幔深金屏。"韩诗以"云窗雾阁"写女道士暧昧之事,本诗亦用其意。榜,题榜。书于匾额。清虚,清净虚无。柳宗元《龙城录》载:开元六年,上皇与申天师道士八月望日夜游月宫,"见一大宫府,榜曰'广寒清虚之府'"。上句写袁世凯的权力,下句暗示其腐朽生活。

〔5〕叵奈:不可容忍,可恨。东方朔:西汉文学家。《汉书·东方朔传赞》称他性"诙谐"、"滑稽",又谓"后世好事者因取奇言怪语附着之朔"。道教又附会其为神仙。

〔6〕虚皇:道教神名。《上清大洞真经》有"高上虚皇君"之号。又称虚皇道君、虚皇上帝,本诗中用以指袁氏。特借一"虚"字以寄意。注起居:古时有职官专修《起居注》,记录皇帝的言行。

三

劫后穷桑号赤明[1],眼看天柱向西倾[2]。经霜琪树春前槁[3],得水神鱼地上行[4]。尽有三山沉北极[5],可无七圣厄襄城[6]。蓬莱清浅寻常事[7],银汉何年风浪生[8]?

〔1〕穷桑:传说中古帝少皞氏所居处。诗中指中国。赤明:道教的年号。《隋书·经籍志》:"天地沦坏,劫数终尽……然其开劫,非一度

矣。故有延康、赤明、龙汉、开皇,是其年号。"

〔2〕天柱:古代神话中支天之柱。《列子·汤问》:"其后共工氏与颛顼争为帝,怒而触不周之山,折天柱,绝地维。故天倾西北,日月星辰就焉。"

〔3〕琪树:玉树。仙景中的树木。

〔4〕神鱼:传说中食之可成仙的鱼。

以上二句以琪树、神鱼分喻在国中的失意者和得意者。

〔5〕三山:《列子·汤问》载,海中有岱舆、员峤、方壶、瀛洲、蓬莱五座神山,为仙圣所居。上帝使巨鳌十五举首而戴之。而龙伯之国有大人,一钓而连六鳌,于是岱舆、员峤二山流于北极,沉于大海,仙圣之播迁者巨亿计。诗中用此典,以喻清朝覆亡,遗民流离失所。

〔6〕七圣:传说中的黄帝、方明、昌寓、张若、諨朋、昆阍、滑稽等七位圣人。《庄子·徐无鬼》:"黄帝将见大隗乎具茨之山,方明为御,昌寓骖乘,张若、諨朋前马,昆阍、滑稽后车,至于襄城之野,七圣皆迷,无所问涂。"诗中用此典,谓圣贤亦有迷途困厄之时。

〔7〕蓬莱清浅:用"沧海桑田"之典。葛洪《神仙传》:"(麻姑谓王方平曰)自接侍以来,见东海三为桑田。向到蓬莱,水乃浅于往者略半也,岂复为陵乎!"

〔8〕银汉:银河。本诗盼银河风浪之生,以寄其恢复清室之意。

《游仙》三首,作于1915年。是年3月,静安携眷返国,至海宁扫墓。4月至上海,罗振玉介与沈曾植相识,商讨音韵之学,遂定交。旋即返回日本。三诗当写于是时。诗中假托神仙之事,以表现作者对名利的鄙弃,并抒写其郁抑之情。后世作者,亦多仿此意,借题发挥,竟成一大题材。静安组诗内容,当为回国时亲所历见,语含愤激,深刺入骨。

和巽斋老人伏日杂诗四章 丙辰

一

春心不可掬[1],秋思更难量[2]。雨蚁仍争垤[3],风萤倏过墙。视天殊澶漫[4],观化苦微茫[5]。《演雅》谁能续[6],吾将起豫章[7]。

[1] 春心:指春天所产生的意兴或情绪。

[2] 秋思:秋心。

以上两句谓春、秋两季都令人触发愁思而伤心。

[3] 垤(dié 迭):蚁冢。蚂蚁做窝时堆在洞口的浮土,诗中指蚁巢。"雨蚁"两句景中寓意。时袁世凯称帝不成,忧惧而死,国内政局动荡不已。

[4] 视天:《诗·小雅·正月》:"民今方殆,视天梦梦。"意谓天公昏乱不明。澶(dàn 旦)漫:放纵。

[5] 观化:观察变化,观察造化。

[6] 《演雅》:黄庭坚写有《演雅》诗,分咏蚕、蛛、蝶、蚁、蜂等四十馀种小动物。演雅,取推演《尔雅》之义。《尔雅》中有"释虫"篇,故云。曾丰、白珽等均有《续演雅》诗。

[7] 豫章:古郡名,治所在今江西南昌。黄庭坚是江西人,因称黄氏为豫章。后人辑有《豫章黄先生文集》。

末二句讽刺各个派系政客纷纷登场。

二

风露危楼角[1],凭栏思浩然[2]。南流河属地[3],西柄斗垂天[4]。匡卫中宫斥[5],梫枪复道缠[6]。为寻甘石问[7],失纪自何年[8]?

〔1〕危楼:高楼。

〔2〕浩然:广大壮阔貌。

〔3〕河:指银河。夏夜所见的银河在天空南方。属(zhǔ嘱)地:至地,接触地面。

〔4〕斗:指北斗七星。夏夜,由摇光、开阳、玉衡三星构成的斗柄朝西。

以上两句写登楼所见天象。古人常以天象与人事相联系。本诗谓银河南流,斗柄西垂,亦当有所指。1916年春夏间,西南地区发动讨袁战争获得胜利,袁世凯于6月6日病死。疑指此事。

〔5〕匡卫:指匡卫十二星。《史记·天官书》载,中宫天极星,环之匡卫十二星。中宫:指北极星所在区域。即紫微垣。古以象帝位、朝廷。斥:远。

〔6〕梫(bùng棒)枪:天梫星与天枪星。《史记·天官书》:"紫宫左三星曰天枪,右五星曰天梫。"枪、梫星,预兆兵乱等非常之事。复道:即阁道。《史记·天官书》载有阁道六星。占曰:"一星不见则辇路不通,动摇则宫掖之内起兵也。"

以上两句亦以星象喻人事。上句谓清废帝已无人匡卫,下句以梫枪

89

喻国家动乱。

〔7〕甘石:战国时天文历法家甘公与石申的并称。甘公作《天文星占》八卷。石申,魏人,作《天文》八卷。后世有《甘石星经》。

〔8〕失纪:谓失去正常的天象。《书·洪范》:"五纪:一曰岁,二曰月,三曰日,四曰星辰,五曰历数。"《史记·天官书》谓:"定诸纪,皆系于斗。"北斗为诸纪所系,诗意谓清朝覆亡,清帝退位,故失纪而乱作。

三

平生子沈子〔1〕,迟暮得情亲〔2〕。冥坐皇初意〔3〕,楼居定后身〔4〕。精微存口说〔5〕,顽献付时论〔6〕。近枉秦州作〔7〕,篇篇妙入神。

〔1〕平生:旧交。静安居京都时,与国内学者移书论学,与沈曾植、柯绍忞书信来往颇多。子沈子:犹言沈老师,指沈曾植。尊称。

〔2〕迟暮:指老年。时沈曾植六十七岁。

〔3〕冥坐:同"瞑坐"。闭目而坐。皇初:最初的帝王。诗中指远古时期。

〔4〕定后:佛教语。学佛者摈除杂念,专心致志,观悟四谛,称为禅定。入定之后,达到舍念清净的境界,连自身的存在都已忘却。

〔5〕精微:精深微妙。

〔6〕顽献:顽民与献民。顽民,指殷代遗民中不肯服从周朝统治的人。献民,指殷人中接受周朝教化的人。沈曾植入民国后一直以清遗民自居,静安亦把他看作是"顽民"。

〔7〕枉:谦词。谓使对方受屈。秦州作:杜甫在唐肃宗乾元二年

(759)秋,率家西行,流寓秦州,作《秦州杂诗》二十首,反映社会动乱和个人的窘迫生活,是杜诗中感人至深的力作。本诗中以指沈曾植《伏日杂诗》四首。

四

清浅蓬莱水,从君跂一望[1]。无由参玉箓[2],尚记咏霓裳[3]。度世原无术[4],登真或有方[5]。近传羡门信[6],双鬓已秋霜。

〔1〕"清浅"二句:上句见《游仙》三首之三末二句注。跂(qǐ 企),踮起脚跟。两句意与《游仙》三首之三末二句意同。

〔2〕玉箓:指道教的符箓、道书。道教符箓,有金箓、玉箓、黄箓等。亦泛指修仙的道书。

〔3〕霓裳:《霓裳羽衣曲》的略称。传说为唐玄宗登三乡驿、望女儿山,及游月宫密记仙女之歌,归而所作。

"无由"两句意谓自己虽未在清朝做官,但也写过如《颐和园词》等歌咏清室之作。

〔4〕度世:谓超度世人解脱人间苦难。

〔5〕"登真"句:登真,登仙,成仙。此句当有所讽。似指出仕新朝者。

〔6〕羡门:古仙人名。《史记·秦始皇本纪》:"三十二年,始皇之碣石,使燕人卢生求羡门、高誓。"集解引韦昭曰:"古仙人。"

末二句本李贺《官街鼓》"几回天上葬神仙"意,讽刺入民国做官的旧人亦不得好结果。

1916年2月4日,静安携长子潜明乘船返国,就上海哈同《学术丛编》编辑之职,寓大通路吴兴里,时与沈曾植过从,商量古音韵学及考证金石书画。八月中,请沈曾植为书扇,沈氏因书近作五律四章索和。静安于8月30日致罗振玉书中,谓沈诗"晦涩难解",而其和诗,自谓"苦无精思名句",风格亦颇效原作,惝恍迷离,真意难测。沈曾植(1850—1922)字子培,号乙庵,又号巽斋、寐叟、东轩老人。浙江嘉兴人。光绪六年(1880)进士,历任南昌知府、安徽提学使,署布政使。沈氏专治辽金元史及西北地理,能诗善书。其诗被推为"同光体之魁杰"。

游仙 丁巳

如盖青天倚杵低[1],方流玉水旋成泥[2]。五山峙海根无着[3],七圣同车路总迷。员峤自沉穷发北[4],若华还在邓林西[5]。含生总作微禽化[6],玄鹤飞鸮自不齐[7]。

〔1〕如盖青天:古人谓天形如盖。桓谭《新论》:"天如盖转,左旋。日月星辰随而东西。"倚杵:《初学记》卷一引《河图挺佐辅》曰:"百世之后,地高天下。如此千岁之后,而天可倚杵,汹汹莫知始终。"古代谶纬家之说,谓若干年后,变得天卑地高,立杵于地,可倚于天。

〔2〕方流玉水:传说中有方折的水流产玉。说见《尸子》。旋(xuàn绚):不久,立刻。

以上两句写天地剧变,复辟失败。

〔3〕五山:《列子·汤问》:"渤海之东,不知几亿万里,有大壑

焉……其中有五山焉。一曰岱舆,二曰员峤,三曰方壶,四曰瀛洲,五曰蓬莱。"

"五山"两句写参与复辟的人物。参见《游仙》诗之三"尽有三山沉北极,可无七圣厄襄城"二句及注。

〔4〕员峤:海上三仙山之一。穷发:古代传说中极北的不毛之地。《列子·汤问》谓员峤山"流于北极,沉于大海",故云"自沉穷发北"。

〔5〕若华:即若花。若木之花。《山海经·大荒北经》:"大荒之中,有衡石山、九阴山、灰野之山,上有赤树,青叶赤华,名曰若木。"邓林:《山海经·海外北经》:"夸父与日逐走,入日。渴欲得饮,饮于河渭;河渭不足,北饮大泽。未至,道渴而死,弃其杖,化为邓林。"诗中以夸父追日喻张勋复辟。

〔6〕含生:一切有生命的东西。亦指人类。

〔7〕玄鹤飞鸮:作者自注:"唐写本《修文殿御览》引《汲冢纪年》:'穆王南征,君子为鹤,小人为鸮。'"

末两句写参与复辟行动者的结局。静安曾估计诸老"以一死谢国",故有"猿鹤虫沙之痛"。但复辟一役,仅死了几十名张勋的"辫子军",诸老一无损伤,"志在必死"的张勋也安然无恙。

此诗于1917年8月作,与1915年所作《游仙》三首,同一体裁,甚至连用典亦多同。而此诗重复用典,恐有为而发。是年7月1日,安徽督军张勋拥清废帝溥仪在北京复辟。沈曾植秘密北上,静安亦不知其行踪,十分挂念。本诗故托神仙要眇之词,以寄寓作者对复辟失败的感慨。

海日楼歌寿东轩先生七十 戊午

海日高楼俯晴空,若华夜半光熊熊[1]。九衢四照纷玲珑[2]。下枝扶疏上枝童[3],阳乌爱集此其宫[4]。扈从八神骖六龙[5]。步自太平径太蒙[6],我有不见彼或逢。悲泉蒙谷次则穷[7],桑榆西接榑木东[8]。斯楼突兀星座通,银涛涌见金芙蓉[9]。谁与主者东轩翁[10]。楼居十年朝海童[11],西行偶蹑夸父踪[12],挂杖不化邓林松[13],归来礼日东轩中。咸池佳气瞻郁葱[14]。在昔庞眉汉阳公[15],手扶赤日升玄穹[16]。问年九九时登庸[17],翁今尚弱一星终[18]。猿鹤那必非夔龙[19],矧翁馀事靡不综[20]。儒林丈人诗派宗[21],小鸣大鸣随叩钟[22]。九天珠玉戛铿鏓[23],狐裘笠带都士容[24]。永嘉末见正始风[25],典刑文献森在躬[26]。德机自杜符自充[27],工歌南山笙丘崇[28]。翁年会与海日同。诗家包丘伯[29],道家浮丘公[30],列仙名在儒林中。平生幸挹天衣袖[31],自办申辕九十翁[32]。

〔1〕若华:见《游仙》诗注。
〔2〕九衢:指树枝有九个分叉。《楚辞·天问》:"靡萍九衢。"此亦指繁华的街市,四通八达。四照:《山海经·南山经》载,有木名迷榖,"其华四照"。郭璞注:"言有光焰也。若木华赤,其光照地。"玲珑:明彻貌。

"海日"三句意谓海日高楼俯瞰晴空,若木之花夜半时赤光熊熊,九根枝丫四面照着纵横交错的大道,一片明彻。

〔3〕童:树木无枝丫。
〔4〕阳乌:神话传说中在太阳里的三足乌。《文选·左思〈蜀都赋〉》:"羲和假道于峻歧,阳乌回翼乎高标。"李善注:"《春秋元命苞》

曰:'阳成于三,故日中有三足乌。"又,《山海经·海外东经》:"汤谷上有扶桑,十日所浴,在黑齿北。居水中,有大木。九日居下枝,一日居上枝。"

以上几句亦以况沈曾植,谓其如若华阳乌般光照海上。

〔5〕扈从:随行。八神:八方之神。六龙:神话传说中日神乘车,羲和驾以六龙。

〔6〕"步自"句:《山海经·海外东经》:"帝命竖亥步,自东极至于西极,五亿十选九千八百步。"太平、太蒙:即"大平"、"大蒙"。《尔雅·释地》:"东至日所出为大平,西至日所入为大蒙。"径,通"经"。

〔7〕悲泉、蒙谷:《淮南子·天文训》:"至于悲泉,爰止其女,爰息其马,是谓县车。""至于蒙谷,是谓定昏。"次:宿止。谓日车歇息。

〔8〕桑榆:《初学记》卷一引《淮南子》:"日入崦嵫,经于细柳,入虞泉之池,曙于蒙谷之浦。日西垂景在树端,谓之桑榆。"榑(fú 扶)木:即扶桑。日出之处。

两句仍紧扣楼名。意谓沈氏虽已桑榆暮景,精神仍如朝日方升。

〔9〕金芙蓉:荷花的美称,此喻海日楼。

〔10〕东轩:沈氏于宣统二年十月归里,隐居郡城南姚家埭新居,有轩曰东轩。

〔11〕海童:传说中的海中神童,乘白马,出则天下大水。

〔12〕夸父:见《游仙》诗"若华还在邓林西"句注。

〔13〕邓林松:《山海经·海外北经》载夸父"弃其杖,化为邓林"。《中山经》又云"夸父之山,北有桃林"。学者以为邓林为桃林,诗中云"松",当含祝寿之意。

〔14〕咸池:神话传说中日浴之处。《楚辞·离骚》:"饮余马于咸池兮,总余辔乎扶桑。"王逸注:"咸池,日浴处也。"佳气:美好的云气,象征吉祥。郁葱:气旺盛貌。王充《论衡·恢国》:"初者,苏伯阿望春陵气郁

郁葱葱。"

〔15〕汉阳公:张柬之为武则天时大臣,神龙元年(705)与桓彦范、敬晖合谋迎唐中宗复位,以功封汉阳郡公。

〔16〕手扶赤日:谓扶助皇帝。玄穹:苍天,天空。

诗中以咸池佳气,暗示小朝廷即将兴盛;以张柬之喻沈氏,谓其助宣统复辟。

〔17〕问年:询问年龄。九九:指八十一岁。登庸:选拔任用。

〔18〕弱:差,少于某数。一星终:指十二年。一星,指岁星(木星)。古人划周天为十二次,岁星每年行一次,十二年终一周天,故以十二年为一星终。

诗意谓张柬之被拜天官尚书时,年已八十一,而沈氏年方七十,将来还要身膺重任。

〔19〕猿鹤:古时隐者在山林中与猿鹤为伍。此喻隐逸之士。夔龙:相传为舜的二贤臣名。《书·舜典》:"伯拜稽首,让于夔、龙。"夔为乐官,龙为谏官。

〔20〕矧(shěn 哂):何况,况且。馀事:《汉书·叙传》:"取舍者,昔人之上务;著作者,前列之馀事耳。"古人常把国家大事之外的事看成是馀事。如文学、艺术等皆为馀事。沈曾植多才多艺,经、史以及地理、刑律、释道、医术、版本目录、书画乐律等靡不淹通,尤精于诗。

〔21〕儒林丈人:对博学多能的儒者的尊称。诗派宗:沈曾植为同光体诗派宗主。

〔22〕"小鸣"句:语本《礼记·学记》:"善待问者如撞钟,叩之以小者则小鸣,叩之以大者则大鸣。待其从容,然后尽其声。"静安时向沈氏问学,与张尔田、孙德谦合称"沈门三君"。

二句意谓老人是儒林丈人、诗派宗主,他的答问如同撞钟,撞得轻就响声小,撞得重就响声大。

〔23〕九天:天的最高处。珠玉:比喻优美的诗文。戛(jiá荚):戛然,象声词。鎗鏦(chēng cōng 撑匆):象声词,形容声音清脆圆转。

〔24〕"狐裘"句:语本《诗·小雅·都人士》:"彼都人士,狐裘黄黄。其容不改,出言有章。""彼都人士,台笠缁撮。""彼都人士,垂带而厉。"谓旧都人士冠服仪容之美。写沈氏的遗老身份。

〔25〕"永嘉"句:语本《世说新语·赏誉》。名士卫玠避乱南来投靠王敦。清谈弥日,王敦曰:"不意永嘉之中,复闻正始之音。"永嘉,为晋怀帝年号,时天下大乱。正始,三国魏齐王芳年号,魏晋之际,崇尚清谈,人称"正始之音"。

〔26〕典刑:指旧法、常规。文献:指熟悉典籍的贤人。亦指有历史价值的数据。森:众多。躬:自身,身体。

两句谓世乱后未能恢复高雅之风,只有在沈氏身上能体现旧时的道德文章。

〔27〕德机自杜:语本《庄子·应帝王》。有神巫季咸,能知人死生寿夭。他去看高士壶子,认为壶子像湿灰般快死了。壶子曰:"乡吾示之以地文,萌乎不震不止,是殆见吾杜德机也。"意说显示给季咸看的是心境寂泊,不动又不止,而季咸却只看到是生机闭塞将死。德机,谓至德之机,生机。杜,闭塞。符自充:《庄子》有《德充符》篇。郭象注:"德充于内,物应于外,外内玄合,恰若符命而遗其形骸也。"

〔28〕南山:指《诗·小雅·南山有台》。为歌咏君子"万寿无疆"之曲。丘崧:指《崧丘》。亦《小雅》篇名,为笙诗,无文辞。《诗序》:"崧丘,万物得极其高大也。"此以喻沈氏之崧高。

"德机"三句意谓老人的道德充实于内而遗其形骸,寂泊不动。乐工唱《南山》之歌而笙奏《崧丘》之曲,老人的年寿将与大海、太阳一样长久。

〔29〕包丘伯:古儒生名。桓宽《盐铁论·毁学》:"昔李斯与包丘子

俱事荀卿。"

〔30〕浮丘公:古仙人名。《列仙传》:"王子晋好吹笙,道人浮丘公接以上嵩山。"

〔31〕天衣:指皇帝之衣。挹(yì抑)天衣袖,谓扶持皇帝。

〔32〕申辕:申培公和辕固生。汉代学者。教授《诗》学。见《汉书·儒林传》。汉武帝时迎申培公、辕固生至,年皆八九十。

海日楼,为沈曾植的书楼名。辛亥革命后,沈氏避居上海,于麦根路筑一小楼,"终岁楼居,若与人世间隔。以途人为鱼鸟,阛阓为峰崎,广衢为大川,而高囱为窣堵波"。然时与静安相接,讨论古音韵学及金石书画之鉴藏,但亦时时未忘政治,沈、王二人之思想甚为契合。己未二月,沈氏七十生日(实为六十八岁),静安即致函送礼,三月三十日,作《海日楼歌》为寿。此诗亦有意仿效沈诗风格。

戊午日短至

常雨常阴闷下都[1],佳辰犹自感睽孤[2]。天行未必愆终始[3],云物因谁纪有无[4]。万里玄黄龙战野,一车寇媾鬼张弧[5]。烬灰拨尽寒无奈[6],愁看街头戏泼胡[7]。

〔1〕常雨常阴:久雨久阴。古人有天人感应之说。政治乱则天气乱,长期阴雨。诗中寓对当政者不满之意。闷(bì必):封闭、掩藏。下都:天帝在地上之都。此泛指下界的城市。

〔2〕睽孤:《易·睽》:"九四,睽孤。"后以指乖隔、分离。

〔3〕天行:《易·乾》:"天行健,君子以自强不息。"孔颖达疏:"天行健者,谓天体之行,昼夜不息,周而复始,无时亏退。"愆:失误,丧失。终始:《史记·封禅书》:谓"冬至,得天之纪,终而复始"。

〔4〕云物:云的色彩。古人在春分、夏至、秋分、冬至、立春、立夏、立秋、立冬等"八节之日",登观台之上,以瞻望云及物之气,以占验一年之吉凶。

以上两句说,天体运行是有规律的,但如今冬至已到,却无人去管世上的裱祥。

〔5〕"万里"二句:上句见《咏史》五首之一"六龙"二句注。下句语本《易·睽》:"上九,睽孤。见豕负涂,载鬼一车,先张之弧,后说之弧。匪寇,婚媾。往,遇雨,吉。"二句意谓万里中华大地上,神龙争战,染满了鲜血。又见到一满车鬼在路上,张着弓弧,原来是贼人在婚媾。上句当指南北之战,下句疑写南北议和之事。静安对南北双方均无好感,故以"寇媾"喻之。

〔6〕"烬灰"句:白居易《冬至夜》诗:"心灰不及炉中炭。"可见静安此时心境。

〔7〕泼胡:即泼寒胡戏。古代西域传来的一种乐舞。每年十一月严寒时,选取健壮少年裸体而舞,观者以水泼之。《旧唐书·中宗本纪》:"御洛城南门楼观泼寒胡戏。"

末句亦当有所讽。

此诗作于戊午年冬至日,即1918年12月23日。时国内局势动荡,孙中山领导的护法运动失败,护法军政府成为南方军阀政权。北方政府继续推行卖国与独裁政策,民怨沸腾。南北军队爆发战争,又复和谈。12月11日,北方政府组成参加和平会议的代表团,准备南下谈判。静安此诗,当有感于当时政局而发。题中"日短至",即冬至日。

为一年中白日最短的一天。

东轩老人两和前韵再迭一章

缁撮黄裘望彼都[1],报章稠迭慰羁孤[2]。蹉跎白日看时运[3],络绎行云半有无[4]。抟土定知非妙戏[5],射妖何意失阴弧[6]。国中总和元规乐,谁信文康是老胡[7]。

〔1〕缁撮:《诗·小雅·都人士》:"彼都人士,台笠缁撮。"朱熹集传:"缁撮,缁布冠也。其制小,仅可撮其髻也。"黄裘:见《海日楼歌寿东轩先生七十》诗"狐裘"句注。

〔2〕报章:酬答的诗篇。羁孤:羁旅孤独的人。

〔3〕时运:谓时光流转,节序变化。

〔4〕络绎行云:《古诗为焦仲卿妻作》:"交语速装束,络绎如浮云。"行云,疑用巫山神女之典,借男女欢会以讽南北议和之事。

时北方议和代表已于12月29日离北京南下,而南方则因陕闽问题与北方僵持,代表未能派出。

〔5〕抟土:古代传说,女娲氏抟土造人。

〔6〕射妖:传说中一种与"射"有关的妖异现象。《汉书·五行志下之上》:"《传》曰:'皇之不极,是谓不建,厥咎眊,厥罚恒阴,厥极弱。时则有射妖。'"意谓君权不立,则人君不明,天气乱而常阴,而产生"射妖"。阴弧:犹言暗箭。诗中之"抟土"与"射妖"当有所喻。

〔7〕"国中"二句:元规,晋大臣庾亮之字。《隋书·音乐志下》:"《礼毕》者,本出自晋太尉庾亮家。亮卒,其伎追思亮,因假为其面,执

翳以舞，象其容，取其谥以号之，谓之《文康乐》。每奏九部乐终则陈之，故以'礼毕'为名。"文康，庾亮的谥号。又为传说中胡人神仙之名。南朝梁周舍《上云乐》："西方老胡，厥名文康。遨游六合，傲诞三皇。"两句亦有所讽。疑以"文康"指段祺瑞。十月，徐世昌任大总统，皖系首领段祺瑞与直系首领冯国璋同时下野，但段虽不当总理，实际上仍控制内阁。静安在致罗振玉书中，常将段祺瑞称为"匹碑"，段匹碑为胡人。又把段、冯称作贺六浑（高欢）、黑獭（宇文泰），高、宇文亦胡人。

静安以《戊午日短至》诗示沈曾植，沈氏和韵二首，静安甚感其意，再送一章。《萧笺》云："细审王、沈两家诗，俱有讥切时政意。"然诗意太晦，难以一一指实。在语言风格上，王诗亦明显受到沈氏的影响，转失其少作之风华情致了。

题蕺山先生遗像 己未

山阴别子亢姚宗[1]，儒效分明浩气中[2]。封事万言多慷慨[3]，过江一死转从容[4]。僧祇劫去留《人谱》[5]，风义衰时拜鬼雄[6]。我是祝陈乡后辈[7]，披图莫讶涕无从[8]。

[1] 山阴：今浙江绍兴。"蕺山先生"，即刘宗周，为山阴人。别子：即庶子。姚名达《刘蕺山先生年谱·先世》载：刘宗周之曾祖刘槩，"字符平，以小宗而主宗政"。晚年家道渐落，曰："吾子孙有兴者可复也。"卒后二年宗周生。亢(kàng抗)姚宗：光大远宗，光耀门庭。姚，通"遥"。远也。《明史·刘宗周传》载，宗周为其父坡之遗腹子，家酷贫，母章氏

携之育外家,宗周成进士后,请养其祖父母。

〔2〕儒效:儒者的功用。《荀子》有《儒效》篇。浩气:正气,正大刚直之气。

〔3〕封事:密封的奏章。臣下上书奏事,为防泄漏,特以皂囊缄封,故称。《明史·刘宗周传》载,崇祯年间,刘宗周多次上疏,痛陈政事。八年,上《痛愤时艰疏》,指出当时"官愈贪,吏愈横,赋逾逋"的情况,令崇祯"怒甚",遂斥为民。

〔4〕过江一死:《明史·刘宗周传》载,福王监国于南京,宗周自称"草莽孤臣",疏陈时政,为马士英等嫉恨,遂告归。后清兵陷南都,杭州亦失守。宗周"出辞祖墓,舟过西洋港,跃入水中。水浅不得死,舟人扶出之。绝食二十三日,始犹进茗饮,后勺水不下者十三日,与门人问答如平时。闰六月八日卒,年六十有八"。

〔5〕僧祇劫:指"阿僧祇劫"。谓无数长之时间。《人谱》:刘宗周撰有《人谱》一卷、《人谱类记》二卷。刘氏惩姚江心学之末流,撰此以倡导实践。

〔6〕风义:风操,情谊。鬼雄:《楚辞·九歌·国殇》:"身既死兮神以灵,魂魄毅兮为鬼雄。"

〔7〕祝陈:祝,指祝渊,字开美。海宁人。祝渊于崇祯十五年入都会试,曾上疏为刘宗周辩护,后执贽为弟子。杭州失守后,投缳自经,不果,郁郁而死,年三十五。陈,指陈确。陈原名道永,字玄非,明亡后改名确,字乾初。海宁人。年四十五问学于刘宗周。

〔8〕披图:展阅画图。涕无从:不知眼泪从何处流出。受感动时自然流泪。

蕺山,即刘宗周(1578—1645)。刘字起东,号念台,学者称"蕺山先生"。山阴(今浙江绍兴)人。明末思想家。万历二十九年(1601)进士,官至工部左侍郎、左都御史。南明福王政权覆亡,绝食殉国。刘氏学说,"以慎独为宗旨","兢兢无负其本心"。其门人如黄宗羲、陈确等皆节义之士。此诗作于1919年。

冬夜读《山海经》感赋

兵祸肇蚩尤[1],本出庶人雄[2]。肆其贪饕心,造作兵与戎[3]。帝受玄女符[4],始筑肩髀封[5]。龙驾俄上仙[6],颛顼方童蒙[7]。康回怒争帝[8],立号为共工。首触天柱折,乃与西北通。坐令赤县民[9],当彼不周风[10]。尔臣何人号相繇,蛇身九首食九州。蠚草则死蠚木枯[11],鸣尼万里成泽湖。神禹杀之,其血腥臭,不可以生五谷,湮之三仞土三沮[12]。峨峨群帝台[13],南瞰昆仑虚[14]。伟哉万世功,微禹吾其鱼[15]。黄帝治涿鹿[16],共工处幽都[17]。古来朔易地[18],中土同膏腴。如何君与民,仍世恣毒痌[19]?帝降洪水一荡涤,千年刚卤地无肤[20]。唐尧乃嗟咨[21],南就冀州居[22]。所以禹任土[23],不及幽并区[24]。吁嗟乎,敦薨之海涸不波[25],乐池灰比昆池多[26]。高岸为谷谷为阿[27],将由人事匪有它[28]。断鳌炼石今则那[29],奈汝共工相繇何!

〔1〕蚩尤:古史传说中的人物。炎帝与黄帝战败后,蚩尤起而反抗黄帝。

103

〔2〕庶人雄:《大戴礼记·用兵篇》:"蚩尤,庶人之贪者也。"

〔3〕"造作"句:《山海经·大荒北经》:"蚩尤作兵伐黄帝。"《艺文类聚》卷十一引《龙鱼河图》:"(蚩尤)造立兵杖、刀、戟、大弩。威震天下,诛杀无道,不仁慈。"

〔4〕"帝受"句:《龙鱼河图》:"黄帝仁义,不能禁蚩尤。黄帝仰天而叹,天遣玄女下授黄帝兵信神符,制伏蚩尤,以制八方。"《山海经·大荒北经》则谓"有人衣青衣,名曰黄帝女魃……蚩尤请风伯雨师,纵大风雨,黄帝乃下天女曰魃,雨止,遂杀蚩尤"。

〔5〕"始筑"句:《史记·五帝本纪》:"黄帝乃征诸侯,与蚩尤战于涿鹿之野,遂禽杀蚩尤。"裴骃集解引《皇览》曰:"肩髀冢,在山阳郡巨野县重聚,大小与阚冢等。传言黄帝与蚩尤战于涿鹿之野,黄帝杀之,身体异处,故别葬之。"

〔6〕"龙驾"句:见《颐和园词》"一朝"二句注。

〔7〕颛顼:《史记·五帝本纪》:"黄帝崩,葬桥山。其孙昌意之子高阳立,是为帝颛顼也。"《山海经·海内经》载,黄帝妻雷祖(即嫘祖),生昌意,昌意生韩流,韩流生颛顼。据此则颛顼为黄帝的曾孙。童蒙,幼稚而蒙昧。

〔8〕康回:《楚辞·天问》:"康回冯怒,地何故以东南倾?"王逸注:"康回,共工名也。"《淮南子·天文训》:"昔者共工与颛顼争为帝,怒而触不周之山,天柱折,地维绝。天倾西北,故日月星辰移焉;地不满东南,故水潦尘埃归焉。"

〔9〕赤县:《史记·孟子荀卿列传》载,战国齐人邹衍谓"中国名曰赤县神州"。

〔10〕不周风:指西北风。《山海经·西山经》载有"不周之山"。郭璞注:"此山形有缺不周匝处,因名云。西北不周风自此山出。"徐珂曰:"郭注'山形有缺',乃共工与颛顼争为帝,怒触之所致也。"

"康回"六句意谓康回怒而争夺帝位,自立号为"共工"。他的头碰撞不周山,天柱倒折,中原与西北相通。便使赤县的民众,受到那不周山的寒风吹袭。

〔11〕蠚(hē喝):同"蜇",咬刺。《山海经·西山经》载有鸟"名曰钦原,蠚鸟兽则死,蠚木则枯"。

〔12〕仞:通"牣"。满也。菹(jù巨):通"沮",湿也。土三菹,谓土因湿而多次崩陷。

〔13〕群帝台:《山海经·海内北经》:"帝尧台、帝喾台、帝丹朱台、帝舜台,各二台,台四方,在昆仑东北。"即此群帝之台。

〔14〕昆仑虚:亦作"昆仑墟",《山海经·海外南经》:"昆仑墟在其东,墟四方。"郭璞注:"墟,山下基也。"

"尔臣"十句意谓,共工啊,你的臣子是何人自号"相繇",蛇身上长着九个头,在九州贪婪地到处乱吃,他咬草则草死,咬木则木枯,呕吐时万里之地都变成湖泽。神禹杀死他,他的血又腥又臭,流处不可以生长五谷。神禹又用泥土填塞,三次填满,又三次崩塌。在此地群帝建起高大的台,可以南瞰昆仑之虚。

〔15〕"伟哉"二句:《左传·昭公元年》:"美哉禹功!明德远矣。微禹,吾其鱼乎!"谓如无禹治水之功,则人皆将变为鱼。为歌颂禹功之语。

〔16〕治:治所。指王都。《史记·五帝本纪》:黄帝"与蚩尤战于涿鹿之野"正义引《括地志》:"又有涿鹿故城,在妫州东南五十里,本黄帝所都也。"

〔17〕幽都:《山海经·海内经》:"北海之内,有山,名曰幽都之山。"

〔18〕朔易:谓岁改易于朔方,因以朔易地指北方地区。《书·尧典》:"申命和叔,宅朔方,曰幽都,平在朔易。"

〔19〕仍世:累世,历代。毒痡(pū扑):毒害,痛苦。

〔20〕刚卤:谓土地坚硬又含盐卤。肤:指地上的植被。

"如何"四句意谓,为什么北方的君主与民众,世世代代遭到深重的毒害?天帝降下洪水荡涤,千年来土地又咸又硬,不长草木。

〔21〕咨:叹词。《书·尧典》:"尧曰:咨!"

〔22〕冀州:指中原地区。《山海经·大荒北经》"冀州之野"郭璞注:"冀州,中土也。"《书·禹贡》所记禹划九州的冀州,其地约当今之河北、山西一带。

〔23〕任土:《周礼·地官·载师》:"载师掌任土之法。"郑玄注:"任其力所能生育,且以制贡赋也。"此谓禹据九州土地生产情况以确定其贡赋之品类等级。

〔24〕幽并:幽州和并州。其地约当今之河北、山西北部和内蒙古、辽宁一部分地区。

〔25〕敦薨:《山海经·北山经》:"敦薨之水出焉,而西流注于泑泽。出于昆仑之东北隅,实为河源。"

〔26〕乐池:《穆天子传》:"天子三日休于玄池之上,奏广乐三日而终,是曰乐池。"昆池:昆明池。汉武帝元狩三年在长安西南所凿的湖沼。《汉书·武帝纪》:"发谪吏穿昆明池。"颜师古注引臣瓒曰:"汉使求身毒国,而为昆明所闭。今欲伐之,故作昆明池象之,以习水战。在长安西南,周回四十里。"

〔27〕高岸为谷:《诗·小雅·十月之交》:"高岸为谷,深谷为陵。"毛传:"言易位也。"阿(ē婀):大的丘陵。

〔28〕"将由"句:韩愈《爬沙行》诗:"深藏未许风吹过,人生由命匪由他。"匪,非。

〔29〕断鳌炼石:《淮南子·览冥训》:"于是女娲炼五色石以补苍天,断鳌足以立四极。"高诱注:"鳌,大龟,天废顿以鳌足柱之。"则那(nuó挪):那就怎么样。那,"奈何"的合音。

"吁嗟乎"七句意谓,唉呀!敦薨的海已经干涸不起波澜,乐池中的死灰比昆明池还多。高岸成了深谷,深谷又变做山头。这些都是人为的,并没有别的原因。女娲断鳌足、炼石补天,如今有谁能做到呢?又能把共工、相繇这些家伙们怎么办!末数句为全诗之旨。清室已亡,无力回天,唯有吁嗟叹息而已。篇终见意,静安遗民的心境如揭。

《山海经》为先秦古籍,传为大禹、伯益所记,然当非一人一时之作。全书十八卷,三万一千馀字,内容庞杂,数据丰富,加以词语古奥,索解至难。静安此诗,当亦借此以抒其陵谷沧桑之慨,其中当有指切时事者,似可意会而难以坐实。静安于《山海经》有很深的研究,并考定书中所载的"王亥"为殷之先公。此诗作于1920年1月。诗中特写《山海经》中的横暴之徒当有所设喻。于篇末始点出作者的用意。

高欣木舍人得明季汪然明所刊柳如是尺牍三十一通并己卯湖上草为题三绝句

一

羊公谢傅衣冠有[1],道广性峻风尘稀[2]。纤郎名字吾能忆[3],合是扬州王草衣。原注:《尺牍》二十五云:"承谕出处,备见剀切。特道广性峻,所志各偏,久以此事推纤郎,行自愧也。"纤郎,疑即王修微。修微一字草衣道人,广陵人,后归许霞城给事[4]。

〔1〕羊公：羊祜。西晋大臣。《晋史·羊祜传》载,他都督荆州诸军事时,轻裘缓带,修德服人。卒后,人立碑岘山,望其碑者,莫不流涕。谢傅：谢安。西晋大臣。《晋史·谢安传》载,他神识沉敏,风宇条畅。曾隐居东山,放情丘壑,后复出仕,在淝水之战中击败苻坚。卒赠太傅。诗中以羊公、谢傅喻钱谦益。

〔2〕道广性峻：语本《后汉书·许劭传》："劭尝到颍川,多长者之游,唯不候陈寔。又陈蕃丧妻还葬,乡人毕至,而劭独不往。或问其故,劭曰：'太丘道广,广则难周;仲举性峻,峻则少通。故不造也。'其多所裁量若此。"太丘,陈寔之字;仲举,陈蕃之字。柳如是交游甚广,性情刚烈,此以"道广性峻"称之,亦极恰切。

〔3〕纤郎：指王微。钱谦益《列朝诗集·闰集》："微,字修微。广陵人。七岁丧父,流落北里。长而才情殊众,扁舟载书,往来吴会间,所与游皆胜流名士。……自号草衣道人。"

〔4〕许霞城：名誉卿,华亭人。

二

华亭非无桑下恋[1],海虞初有蜡屐踪[2]。汪伦老去风情在[3],出处商量最恼公[4]。原注：《草》中《赠陆处士》诗有"我是华亭旧时客"句,顾云美《河东君传》云："君初适云间孝廉为妾。"故有"华亭旧客"之句。又,君初访半野堂,在庚辰之冬。《尺牍》中第三十、第三十一皆及之。

〔1〕华亭：旧县名。即今上海松江。桑下恋：《后汉书·襄楷传》："浮屠不三宿桑下,不欲久生恩爱,精之至也。"李贤注："言浮屠之人寄桑下者,不经三宿便即移去,示无爱恋之心也。"本句写柳如是与陈子龙的关系。陈子龙为华亭人,字卧子,号大樽。崇祯十年(1637)进士。南

京为清兵所陷后,在松江起兵,称监军。事败亡匿,后被捕,投水死。华亭别称云间,"云间孝廉"即指陈子龙。陈子龙于崇祯十一年曾为柳如是刻诗集《戊寅草》。罗振玉《顾云美书河东君传册跋》:"传中记蘼芜(柳如是之号)初归云间孝廉为妾,殆先适陈卧子。"

〔2〕海虞:古县名。即今江苏常熟。蜡屐:涂蜡的木屐。古人出游山水,常穿蜡屐。本句写柳如是初识钱谦益。钱谦益为常熟人。字受之,号牧斋。明万历进士。崇祯初官礼部侍郎,弘光时为礼部尚书。清兵南下,迎降。汪然明与柳如是通信之时,柳如是已被迫离开陈子龙,生活彷徨无着。崇祯十三年庚辰冬十一月,乘舟至虞山访钱谦益。直至十四年六月,钱、柳始结褵于松江舟中。

〔3〕汪伦:李白《赠汪伦》诗:"桃花潭水深千尺,不及汪伦送我情。"此以指汪然明。

〔4〕出处:出山与退隐。恼公:恼人。李贺有《恼公》诗。

以上两句写汪然明与柳如是的关系。陈寅恪《柳如是别传》第四章谓"然明又一次约河东君至杭,为之介绍佳婿"。可见汪、柳之交谊。

三

幅巾道服自权奇[1],兄弟相呼竟不疑。莫怪女儿太唐突,蓟门朝士几须眉[2]!原注:顾云美摹河东君初访半野小相作男子服,此《尺牍》与汪然明者,皆自称曰"弟"。

〔1〕幅巾:古代男子以整幅细绢裹头的头巾。道服:古代男子家居的常服。斜领大袖,四周镶边的长袍。权奇:奇谲。有智谋。顾苓《河东君传》:"(柳如是)游吴越间,格调高绝,词翰倾一时。嘉兴朱治㘅为虞山钱宗伯称其才。宗伯心艳之,未见也。崇祯庚辰冬,扁舟访宗伯,幅巾

弓鞋,着男子服,口便给,神情洒落,有林下风。"陈寅恪《柳如是别传》第四章:"河东君感慨激昂,无闺房习气。其与诸名士往来书札,皆自称'弟'。又喜着男子服装。"

〔2〕蓟门:代指北京。

柳如是男服过访钱谦益于半野堂,在当时是有逾常轨之事,故时流亦颇有微辞。静安以此反讽入民国做官的"朝士"。

高欣木(1878—1952),名时显,字野侯,杭县人。清末举人,以书隶、画梅、治印著名于时,所藏书画极丰,称"五百本画梅精舍"。舍人,显贵子弟的通称。汪然明(1577—1655),名汝谦,新安人。明末居杭州武林,与诸名士游。著有《春星堂诗集》。柳如是(1618—1664),本姓杨,名爱,字蘼芜。后改姓柳,名隐,又名是,字如是,号我闻室主,人称"河东君"。嘉兴人。明末名妓。后嫁与钱谦益,著有《戊寅草》、《湖上草》、《河东君集》。其诗文幽艳秀发,颇具才情。汪然明所刊柳如是尺牍三十一通,作于崇祯十二年至十五年间。《湖上草》为柳如是诗集名,刻于崇祯十二年己卯,为据柳氏手写原本而摹刻者。此诗1920年作于上海。

梦得东轩老人书醒而有作时老人下世半岁矣癸亥

弥天海日翁[1],驭气归混茫[2]。天上信差乐[3],且莫睊旧乡[4]。峨峨帝释宫[5],瀹瀹修罗场[6]。人事日溃溃[7],蒿目无乃创[8]。平生忧世泪,定溢瑶池觞[9]。幽明绝行理〔10〕,有命那得将〔11〕。昨宵忽见梦,发函粲琳琅〔12〕。细书知意密,一牍逾十行。古意备张索〔13〕,近势杂倪黄〔14〕。且喜得翁书,遑问人在亡。傥有吁谟告〔15〕,不假语巫阳〔16〕。仓皇未卒读,邻鸡鸣东窗。欹枕至天曙,涕泗下沾裳。

〔1〕弥天:满天,极言其伟大。此喻其志气高远。

〔2〕驭气:驾驭云气。

〔3〕差:比较。

〔4〕睨旧乡:《楚辞·离骚》:"陟升皇之赫戏兮,忽临睨夫旧乡。"王逸注:"升天庭,据光曜,不足以解忧,犹顾视楚国,愁且思也。"

〔5〕帝释:帝释天。佛教三十三天之主,为护法神之一。居须弥山顶善见城。

〔6〕潝(xī吸)潝:形容众口附和、诋毁诽谤。修罗场:古印度神话中恶神修罗与帝释战斗的场所。比喻惨酷的环境。诗中以指在军阀混战中苦难深重的中国。

〔7〕洄(wéi围)溃:意谓浊水横流。

〔8〕蒿目:"蒿目时艰"之略。蒿目,放眼远望,只见时局艰难。无乃:恐怕。创(chuāng疮):伤痛。

〔9〕瑶池觞:《穆天子传》卷三:"乙丑,天子觞西王母于瑶池之上。"意谓沈氏在天神之所仍忧念人间。

〔10〕幽明:阴间与人间,鬼与人。行理:使者。指传书的人。

〔11〕将:持。

〔12〕粲琳琅:形容字如美玉般光辉。

〔13〕张索:张,张芝,东汉书法家,字伯英。敦煌酒泉(今属甘肃)

人。善章草。三国韦诞称之为"草圣"。索,索靖(239—303)。西晋书法家。敦煌人。张芝的姊孙。善章草。沈曾植亦善章草,书风古朴奇崛,故诗中以张、索作喻。

〔14〕势:体势。倪黄:倪,倪元璐(1593—1644)。明末书法家。浙江上虞人。善行草,灵秀超逸,尤多异态新理。黄,黄道周(1585—1646),明末书法家。福建漳浦人。善书,峭厉方劲,别具面目。沈氏书法受倪、黄影响极大。其欹仄方折之处,实兼二家之长。

〔15〕吁谟(xū mó 须摹):大谋。宏伟远大的谋划。沈曾植一直念念不忘复辟之事,"吁谟",当指此。

〔16〕假:借。巫阳:古代传说中的女巫。《楚辞·招魂》:"帝告巫阳曰:有人在下,我欲辅之。魂魄离散,汝筮予之。"王逸注:"女曰巫,阳,其名也。"

东轩老人,即沈曾植。1922年11月21日(十月初三)沈曾植病殁于上海寓所海日楼,年七十三。静安哭之恸,并亲为料理刊行遗作事宜。次年4月16日,蒙古升允荐静安为溥仪之师,被命南书房行走,静安随即赴北京,于6月4日"觐见即到差"。此诗当作于被命之后。梦得沈曾植之书,书中细字密意,传达天帝远大的谋划,静安此时的心情可知矣。

罗雪堂参事六十寿诗(二首)乙丑

一

卅载云龙会合常[1],半年濡响更难忘[2]。昏灯履道坊中雨[3],羸马慈恩院外霜[4]。事去死生无上策[5],智穷江汉有回肠[6]。毗蓝风里山河碎[7],痛定为君举一觞。

〔1〕卅载:静安于1898年受知于罗振玉,至此时已历二十八年。云龙:《易·乾》:"云从龙,风从虎。"韩愈《醉留东野》诗:"我愿身为云,东野变为龙。四方上下逐东野,虽有离别无由逢。"本诗中亦以韩愈与孟郊喻自己与罗振玉的师友关系。

〔2〕濡呴(xǔ许):《庄子·大宗师》:"泉涸,鱼相与处于陆,相呴以湿,相濡以沫。"意谓鱼困在干涸处,互相吐沫以弄湿各自的身体,比喻在困境中互相扶持救助。呴,吐出。

〔3〕履道坊:履道里。白居易在洛阳所居之处。诗中指静安在北京的住处。罗振玉奉清废帝溥仪之命入值南书房,1924年10月7日至北京,即寓静安家中。

〔4〕慈恩院:慈恩寺。唐代长安的名胜之所。自神龙年间始,进士登科,皇帝均赐宴曲江,题名慈恩寺中的雁塔。此疑指溥仪出宫后的住处。

"昏灯"两句写"半年濡呴"之事。1924年第二次直奉战争中,冯玉祥发动北京政变,将所部改组为国民军,自任总司令。十一月五日,取消清废帝溥仪的皇帝称号,将其逐出皇宫。清室遗老旧臣如罗振玉辈,则到处奔走呼号。诗中特意选用"履道"与"慈恩",当有用意。

〔5〕"事去"句:典出《资治通鉴》卷一五六:"(卢)柔曰:'高欢悖逆,公席卷赴都,与决胜负,生死以之,上策也。'"静安反用其意。事去,意谓清王朝已覆亡,无法挽回了。

〔6〕江汉:《诗·大雅·江汉》:"江汉汤汤。"回肠:形容江流弯曲。

以上两句谓清朝已亡,溥仪今又被逐,一切都无法挽回,计穷力拙,只留下无穷的痛苦。

113

〔7〕毗蓝风:佛教语。迅猛之风。《慧琳音义》卷十三:"吠蓝僧伽,劫灾时大猛风名也。此风猛烈,能坏世界。"

末二句意谓在暴风中山河破碎,如今痛定之后姑且为您劝一杯寿酒吧!

二

事到艰危誓致身〔1〕,云雷屯处见经纶〔2〕。庭墙雀立难存楚〔3〕,关塞鸡鸣已脱秦〔4〕。独赞至尊成勇决〔5〕,可知高庙有威神〔6〕。百年知遇君无负〔7〕,惭愧同为侍从臣。

〔1〕致身:献身。《论语·学而》:"事君能致其身。"
〔2〕云雷屯:《易·屯》:"象曰:云雷,屯。君子以经纶。"屯卦之卦象为坎上震下,坎之象为雨(水),震之象为雷。因以云雷喻艰难险恶的环境。屯,有"盈"意、"难"意。经纶:意谓治理,建立秩序。
〔3〕"庭墙"句:典出《战国策·楚策》。庄辛谓楚襄王曰:"楚国必亡矣!"因举黄雀为喻:"俯噣白粒,仰栖茂树,鼓翅奋翼,自以为无患,与人无争也。不知夫公子王孙,左挟弹,右摄丸,将加己乎十仞之上,以其类为招。昼游乎茂树,夕调乎酸咸,倏忽之间,坠于公子之手。"诗中以喻溥仪虽如黄雀般与世无争,仍不免被逐出宫。
〔4〕"关塞"句:典出《燕丹子》。燕太子丹质于秦,逃归。到关,丹为鸡鸣,遂得逃归。又,《史记·孟尝君列传》亦载有类似的故事。诗中以喻罗振玉助溥仪出亡事。溥仪出宫后,先住醇王府。罗振玉等人奔走策划,溥仪偕同郑孝胥、陈宝琛于1924年11月29日逃往东交民巷日本使馆。次年2月24日,又在日本人保护下乘车逃往天津,在日租界大和

旅馆居住。

〔5〕勇决：勇敢而有决断。

〔6〕高庙：指死后庙号为"高"的君主。句语本《汉书·车千秋传》：千秋于武帝前为太子辩护，自言："臣尝梦见一白头翁教臣言。"武帝曰："此高庙神灵，使公教我，公当遂为吾辅佐。"诗中用此，谓罗氏为溥仪辅佐。罗氏挟溥仪出逃，被委任为顾问。

〔7〕知遇：赏识，优待。《晋书·阮裕传》："大将军王敦命为主簿，甚被知遇。"

1925年8月，罗振玉六十寿辰，静安亲赴天津祝嘏，并献贺诗二首。贺寿诗写得如此苍凉感慨，古来罕见。罗、王二人私交甚厚，可是在诗中写的都是所谓的家国之事，静安此时心中就只有那覆亡了的清廷和出逃中的小皇帝了。雪堂，罗振玉之号。罗振玉（1866—1940），字叔蕴、叔言。浙江上虞人。金石学家，鉴藏家。在甲骨学、敦煌学等多方面均有研究。与静安有师友之谊。罗振玉于宣统元年曾补参事官，故称。

词

好事近

夜起倚危楼[1]，楼角玉绳低亚[2]。唯有月明霜冷，浸万家鸳瓦[3]。　　人间何苦又悲秋，正是伤春罢[4]。却向春风亭畔，数梧桐叶下[5]。

[1] 危楼:高楼。

[2] 玉绳:星名。天乙、太乙两星。在北斗第五星玉衡之北。秋季夜半后，玉绳自西北转，逐渐下沉。低亚:低压，低下。玉绳低，意味天将亮。

[3] 鸳瓦:即鸳鸯瓦。指互相成对的屋瓦。

[4] "人间"二句:意极深厚有味。春秋代序，忧伤未已。静安其亦有"释迦基督担荷人类罪恶之意"耶？

[5] "却向"二句:所写的是极无聊赖的动作，却有极含蓄深厚的用意。梧桐一叶知秋，以"春风"反衬，推进一层。

叶嘉莹《说静安词〈浣溪沙〉一首》:"静安先生词有古诗之风格:词之为体原较诗为浅俗柔婉，而静安先生词则极为矜贵高古，其气体乃迈越唐宋而直逼汉魏，而用意之深，则又为古人所无。"可称静安知己。古诗之风格，颇不易到，非有深沉挚厚的个性，不能作此独立清苦之语。作于1904年秋。

好事近

愁展翠罗衾,半是馀温半泪[1]。不辨坠欢新恨,是人间滋味[2]。　几年相守郁金堂,草草浑闲事[3]。独向西风林下,望红尘一骑[4]。

〔1〕"愁展"二句:写不眠时展被相思的情景。

〔2〕"不辨"二句:坠欢,过去的欢乐,失去了的娱乐"坠欢"应"馀温","新恨"应"泪"。次句总束,章法谨严。

〔3〕"几年"二句:郁金,一种珍贵的植物,可为香料。郁金堂,言堂中爇炷着郁金之香。两句追悔之情,溢于言表。

〔4〕红尘一骑(jì冀):红尘,指马走时扬起的飞尘。这里也指纷扰的人世。

此与上首当为同时之作,结二句用语亦近。写别后的怨愁和寂寞,宛曲动人。柔中有刚,最见笔力。作于1904年秋。

摸鱼儿

秋柳

问断肠、江南江北。年时如许春色[1]。碧栏干外无边柳,舞落迟迟红日[2]。长堤直。又道是、连朝寒雨送行客[3]。烟笼数驿[4]。剩今日天涯,衰条折尽[5],月落晓风急。金城路[6],多少人间行役[7]。当年风度曾识[8]。北征司马今头白,唯有攀条沾臆[9]。君莫折。君不见、舞衣寸寸填沟洫[10]。细腰谁惜[11]。算只有多情,昏鸦点点,攒向断枝立[12]。

〔1〕"问断肠"二句:语本王维《送沈子归江东》诗:"杨柳渡头行客稀,罟师荡桨向临圻。唯有相思似春色,江南江北送君归。"写春来的离思,为秋柳作垫。

〔2〕"碧栏"二句:迟迟,《诗·豳风·七月》:"春日迟迟。"两句写垂柳不息地舞动,时光也不知不觉地消逝了。用意颇为警策。

〔3〕"长堤"二句:古人常在堤岸遍植杨柳。二语写客中送客的感受。

〔4〕"烟笼"句:旧诗词中"烟柳"常连写。谓杨柳含烟,故此"烟"中即有"柳"在。

〔5〕"衰条"句:谓折柳送别。《三辅黄图·桥》:"霸桥在长安东,跨水作桥。汉人送客至此桥,折柳赠别。"

〔6〕金城:古地名。在今甘肃兰州西北。

〔7〕行役:因服军役、劳役或公务而在外跋涉。亦以泛称行旅。

〔8〕"当年"句:前人常以杨柳喻人的姿容风度。《南史·张绪传》载,刘悛献蜀柳数株,枝条甚长,状若丝缕。齐武帝植之于灵和殿前,常赏玩咨嗟,曰:"此杨柳风流可爱,似张绪当年时。"

〔9〕"北征"二句:典出《世说新语·言语》:"桓公北征,经金城,见前为琅邪时种柳,皆已十围。慨然曰:'木犹如此,人何以堪!'攀枝执

条,泫然流泪。"司马,指桓温。桓在晋简文帝时曾为大司马,故称。沾臆,沾胸。

〔10〕舞衣:杨柳枝叶在风前舞动,前人常以舞女喻之。舞衣寸寸,喻零落的柳叶。沟洫:沟渠,田间水道。

〔11〕细腰:以宫中的细腰舞女喻柳。

〔12〕"昏鸦"二句:乐府《杨叛儿》:"暂出白门前,杨柳可藏乌。"静安用此而别出新意。

静安长调中,以此词为最佳,令人想起王士禛诸作。景中见情。咏物而能扑入身世之感,便得风人深致。《人间词话》谓,"咏物之词,自以东坡《水龙吟》为最工,邦卿《双双燕》次之"。然苏轼、史达祖之作,是何等和婉,较诸静安此词之凄厉紧迫,自有时代身世之异。此词借咏秋柳以寄行役之情。当作于1904年秋。

蝶恋花

独向沧浪亭外路[1]。六曲阑干,曲曲垂杨树。展尽鹅黄千万缕[2]。月中并作蒙蒙雾。　　一片流云无觅处。云里疏星,不共云流去。闭置小窗真自误[3]。人间夜色还如许。

〔1〕沧浪(láng 郎)亭:苏州园林。原为五代吴越孙承佑别墅。北宋诗人苏舜钦于此临水筑亭,取《楚辞·渔父》"沧浪之水"之意命名。江苏师范学堂校址在沧浪亭附近,故静安常游此地。

〔2〕"展尽"二句:鹅黄,淡黄色。此以形容初春的杨柳。两句写月

下浓密的垂杨,情景甚美。

〔3〕闭置:《梁书·曹景宗传》:"闭置车中,如三日新妇,遭此邑邑,使人无气。"

江南如诗似画的园林丽景是令人迷醉的。尤其是江南的芳春,江南的月夜。静安对自然之美有特殊的感受,如此词写月下的柳色和云里的疏星,均有不可凑泊的神韵。1905年春在苏州作。

蝶恋花

谁道江南春事了〔1〕。废苑朱藤〔2〕,开尽无人到。高柳数行临古道。一藤红遍千枝杪〔3〕。　　冉冉赤云将绿绕〔4〕。回首林间,无限斜阳好。若是春归归合早。馀春只搅人怀抱〔5〕。

〔1〕春事:指花开游赏之事。
〔2〕朱藤:蔓生植物。春末夏初开小花,红色。
〔3〕"高柳"二句:谓几行高高的柳树正临古道,一株藤花就使千百枝头都红遍了。朱藤攀援在别的树上,故使千枝红遍。
〔4〕冉(rǎn染)冉:柔弱下垂的样子。又,冉冉有渐进之义,故词中用此,语意相关,既以形容云霞,又以写朱藤花叶纷披之状。赤云:相关语。既指黄昏时的红霞,也指如红云般的藤花。
〔5〕"若是"二句:又作曲折,推倒上文"无限好"之意。

芳春将尽,野藤细碎的红花还在装点着荒废了的园林,在夕阳残照中,眼前的景色是何等凄艳。我们联想起清末的社会环境和政治气氛,不也是这残春景象么?1905年春作于苏州。

水龙吟

杨花,用章质夫、苏子瞻唱和均

开时不与人看,如何一霎蒙蒙坠[1]。日长无绪[2],回廊小立,迷离情思[3]。细雨池塘,斜阳院落,重门深闭[4]。正参差欲住,轻衫掠处,又特地、因风起[5]。　　花事阑珊到汝[6]。更休寻、满枝琼缀[7]。算来只合,人间哀乐,者般零碎[8]。一样飘零,宁为尘土,勿随流水[9]。怕盈盈、一片春江,都贮得、离人泪[10]。

〔1〕"开时"二句:按,杨花,实指柳絮。真正的杨花在早春时先叶而开,柔荑花序。柳絮则为成熟的柳树种子,上有白色绒毛,随风飞落。一般人不注意到杨柳开花,只见其飘絮。二句见静安体物之微。

〔2〕日长:春末夏初,白昼渐长。

〔3〕迷离:语意相关。既写杨花的状态,也指人的情绪。

〔4〕"细雨"三句:写杨花飘荡所至之处。

〔5〕"正参差"三句:参差,高低貌。章楶《水龙吟·杨花》词:"傍珠帘散漫,垂垂欲下,依前被、风扶起。"柳絮点衣,柳絮因风起,虽因前人故事,而词意前人所无。

〔6〕阑珊:衰落。将残、将尽之意。杨花飘于春暮,故云。

〔7〕琼:指白玉般的杨花。

〔8〕者般:这般。

〔9〕"一样"三句:语本苏轼《水龙吟》词:"春色三分,二分尘土,一分流水。"

〔10〕"怕盈盈"二句:章词云:"望章台路杳,金鞍游荡,有盈盈泪。"苏词云:"细看来、不是杨花,点点是,离人泪。"王词合二手而为一,意更盈满。

章质夫,即章楶;苏子瞻,即苏轼。其唱和之作见《全宋词》。均,古"韵"字。此词感情深挚,在静安词集中长调亦为佳作。作于1905年春暮。

鹧鸪天

列炬归来酒未醒[1]。六街人静马蹄轻[2]。月中薄雾漫漫白[3],桥外渔灯点点青。　　从醉里,忆平生。可怜心事太峥嵘[4]。更堪此夜西楼梦,摘得星辰满袖行[5]。

〔1〕列炬:灯烛成行。醒:读平声。

〔2〕六街:唐代京城长安六条中心大街。此泛指城中大街。

〔3〕漫漫:遍布貌,无际貌。

〔4〕峥嵘:本形容山的高峻。这里有不平凡、奇特之意。

〔5〕"更堪"二句:补充"峥嵘心事"。词人在现实中无法实现自己

的理想,只有形诸梦寐,而梦醒之后,又更觉悲凉。摘星,传说殷纣王曾建摘星楼,极高峻。扬州有摘星台、摘星楼。

以诗入词,得峻健之致。"月中"一联着意,下片发抒悲慨之情,末二语似豪宕而实苍凉,是入世人作出世语。1905年春作于苏州。

清平乐

樱桃花底。相见颓云鬓[1]。的的银釭无限意。消得和衣浓睡[2]。　　当时草草西窗[3]。都成别后思量。遮莫天涯异日,转思今夜凄凉[4]。

〔1〕"相见"句:一"颓"字形象生动,写出初见时的娇羞。
〔2〕"的的"二句:的的,明亮、鲜明貌。银釭,灯的美称。消,这里有"怎消"、"那禁"之意。两句写当时相见归来时的相思。
〔3〕草草:匆匆。
〔4〕"遮莫"二句:遮莫,不论、不问。二语似晏小山的韵致。

静安善写情词。在这些优美的小令中,我们看不到后来那位朴学大家严肃庄重的形象,在读者的心目中,那只是一个敏感工愁的情人,在为别恨离愁而凄凉欲绝。当为1905年在苏州之作。

点绛唇

万顷蓬壶[1],梦中昨夜扁舟去。萦回岛屿[2]。中有舟行路。　波上楼台,波底层层俯[3]。何人住。断崖如锯。不见停桡处[4]。

〔1〕蓬壶:古代传说中的海上仙山。本词中亦以探蓬壶象征对美好的理想的追求。

〔2〕萦回:盘旋,回绕。

〔3〕"波上"二句:写梦中的仙境,碧波荡漾,上下层台,极缥缈迷离之致。

〔4〕"断崖"二句:停桡,停船。桡,船桨。二句写追求失败。

静安词中颇多"造境"之语。此词写梦中所历,萦回岛屿,曲折舟行,楼台波上,层层倒影,惝恍迷离,殆《离骚》"曼曼求索"之意欤?此词疑作于1905年6月自苏州返里途中。词人把途中所见的情景升华为梦中所历,以寄情托意。

点绛唇

高峡流云[1],人随飞鸟穿云去[2]。数峰着雨。相对青无语[3]。　岭上金光,岭下苍烟沍[4]。人间曙。疏林平楚[5]。历历来时路[6]。

〔1〕高峡:指作者南归时所经的峡山。峡山,在海宁东北。古称夹谷,自唐后更为峡山。有东西二山,相传为秦始皇所凿。
〔2〕"人随"句:飞鸟,指清晨时离巢之鸟。此句奇警。
〔3〕"数峰"二句:用拟人法,写出空山的寂静。
〔4〕"岭上"二句:的确是雨后朝霁的山景。冱(hù 互),凝结,闭塞。
〔5〕平楚:平阔的林野。此指山外的原野。
〔6〕"历历"句:此谓归途正是来时的旧路,当有其哲学上的意味。历历,分明,清楚。

此词如雾里看花,自有其特殊的风致。朦胧,同样可臻美的最高境界。乙巳年六月初二(1905 年 7 月 4 日)静安一度由苏州返里。此词当作于途经海宁峡山之时。

踏莎行

绝顶无云,昨宵有雨。我来此地闻天语[1]。疏钟暝直乱峰回,孤僧晓度寒溪去[2]。　　是处青山,前生俦侣。招邀尽入闲庭户[3]。朝朝含笑复含颦,人间相媚争如许[4]。

〔1〕"绝顶"三句:写在山顶的感受。"无云"与"有雨"呼应甚妙。
〔2〕"疏钟"二句:写山寺暮朝的情景。

〔3〕招邀:邀请。词人把青山看成是生生世世的知己。

〔4〕"朝朝"二句:词人认为,只有青山的颦笑才是真诚的,因为它绝对没有机心。可是,毕竟是生活在扰攘纷争的人世,怎可能摆脱尘务的羁牵,长与他所爱的故乡山水相周旋呢?

词人遗世而独立,能了解他高尚节操的只有那万古长在的青山。他厌倦了人间无聊的争逐。孤寂、痛苦,悲剧的性格注定了静安悲剧的命运。1905年夏归家经峡山时作。

浣溪沙

山寺微茫背夕曛〔1〕。鸟飞不到半山昏。上方孤磬定行云〔2〕。　试上高峰窥皓月,偶开天眼觑红尘〔3〕。可怜身是眼中人〔4〕。

〔1〕山寺:当指海宁峡山古寺。在峡山山顶。

〔2〕上方:天上仙界,指地势最高之处,亦指寺院。定行云:意谓响遏行云。孤磬之声,亦足以警醒世人。

〔3〕天眼:佛教所说五眼之一,能透视六道、远近、上下、前后、内外及未来等。《无量寿经》下:"天眼通达,无量无限。"觑(qù 趣):看,窥探。红尘:佛家称人世为红尘。词人意欲登峰窥月,追求脱离人世的高寒之境;但又眷怀众生,开天眼而透视尘世。

〔4〕"可怜"句:为全篇主旨。以山寺之清幽绝尘反衬世间之劳碌纷扰。己身为红尘中的一份子,若非登上高峰则未能知劳生之渺小虚

幻。在悲天悯人中亦有自伤之意。

这是静安词中颇受人注意的作品。叶嘉莹《说静安词〈浣溪沙〉一首》特标举是词,谓"近代西洋文艺有所谓象征主义者,静安先生之作殆近之焉"。佛雏《王国维的诗学研究》又谓"此词应属于作为词的最高格的'无我之境'"。此词当为1905年夏归海宁时登崤山所作。登临抒感,意境高远,眼界阔大,甚具特色。钱锺书《管锥编·毛诗正义·陟岵》谓静安此词词意奇逸,以少许胜多许。

蝶恋花

阅尽天涯离别苦。不道归来,零落花如许[1]。花底相看无一语。绿窗春与天俱暮[2]。　　待把相思灯下诉。一缕新欢,旧恨千千缕[3]。最是人间留不住。朱颜辞镜花辞树[4]。

〔1〕"阅尽"三句:甚好。天涯离别之苦,不抵时光流逝之悲。加倍写来,意尤深厚。
〔2〕"花底"二句:"无一语",益觉悲凉。春暮,日暮,象征着情人们年华迟暮。
〔3〕"待把"三句:更着力写迟暮的悲感。当日的别离,辜负了大好芳春,这千丝万缕的怨恨是无法消除的。"一"与"千千",强烈对比。
〔4〕"朱颜"句:本自白居易《渐老》诗:"朱颜辞镜去。"静安两"辞"字重用亦佳。

冯延巳词堂庑特大,不独开北宋一代风气,千年以来,作《蝶恋花》调者,除一二杰特之士外,无不受其影响。静安是词,亦步之趋之,用意词语声调皆逼肖冯作。静安论文艺,每以"古雅"为尚,其创作亦时露摹拟之迹。1905年夏作于海宁。

浣溪沙

天末同云黯四垂。失行孤雁逆风飞。江湖寥落尔安归[1]。

陌上金丸看落羽,闺中素手试调醯。今宵欢宴胜平时[2]。

[1] "天末"三句:同云,云成一色,天将下雪的迹象。四垂,四境。失行,离群。寥落,冷落,凄清。首句喻社会环境的险恶。二、三句以孤雁设喻,写出个人孤独无所依归的处境。"失"、"孤"、"逆",层层加重。

[2] "陌上"三句:金丸,葛洪《西京杂记》卷四载,汉武帝的宠臣韩嫣好弹,常以金为丸弹射。后人沿用为贵游子弟射猎之典。落羽,坠落的鸟。调醯(xī 希),调味。醯,即醋。三句愤激。揭露社会中的不平等现象。富贵人家的欢乐是建筑在别人的痛苦和死亡的基础上的。

这是《人间词》中的名作。《人间词话》原稿第二六则引樊抗夫评:"凿空而道,开词家未有之境。"又,樊志厚《人间词·乙稿·序》又谓此词"意境两忘,物我一体"。这种"无我之境",词人采用拟人的想象手法,以失行孤雁的不幸遭遇与闺中的欢宴作比,写出人生的痛苦和不平等。作者的情感是真实的,比喻是鲜明的,也能使读者得到真切的感受。1905年作于海宁。

蝶恋花

辛苦钱塘江上水[1]。日日西流[2],日日东趋海。终古越山浨洞里。可能消得英雄气[3]。　　说与江潮应不至。潮落潮生,几换人间世[4]。千载荒台麋鹿死[5]。灵胥抱愤终何是[6]。

　　[1] 钱塘江:江口呈喇叭状,海潮倒灌,成著名的"钱塘潮"。
　　[2] 西流:潮涨时,水自海口灌入,故向西流。
　　[3] "终古"二句:越山,泛指钱塘江以南、绍兴以北的山。这里古代属越国。浨洞(hòng tóng 讧同),弥漫无际。可能,岂能。《录异记》载,伍子胥为吴王所用,吴王战败越国后,他多次进谏,要注意越国报复,吴王不听,反而赐剑让他自杀。子胥临死时,命其子把他的尸体用鲣鱼皮包裹好,投到钱塘江中,以便早晚乘潮来看吴王的失败。自此以后,江潮大起,有人见子胥乘素车白马在潮头上。词意本此。
　　[4] 人间世:人世。《庄子》有"人间世"篇。
　　[5] 荒台:指姑苏台。可参看本书《青玉案》词"姑苏台上乌啼曙"句注。《越绝书·内传》记伍子胥语:"今不出数年,鹿豕游于姑苏之台矣。"鹿豕,《史记》引作"麋鹿"。
　　[6] 灵胥:指伍子胥。以其死而有灵,故称。

　　此词前三语深刻。以潮水涨退设喻,慨叹世界的无常,与下文"潮落潮生"相呼应。词格沉郁悲慨,颇含哲理。1905年作于海宁。

少年游

垂杨门外,疏灯影里,上马帽檐斜[1]。紫陌霜浓[2],青松月冷,炬火散林鸦[3]。　酒醒起看西窗上,翠竹影交加[4]。跌宕歌词[5],纵横书卷,不与遣年华。

　[1] 帽檐斜:《周书·独孤信传》:"信在秦州,尝因猎,日暮,驰马入城,其帽微侧。诘旦,而吏民有戴帽者,咸慕信而侧帽焉。"因以"侧帽"称人的放逸潇洒的风度。
　[2] 紫陌:指都城郊野的道路。
　[3] "炬火"句:杜甫《杜位宅守岁》诗:"盍簪喧枥马,列炬散林鸦。"
　[4] "酒醒"二句:写朝阳升起时的情景。
　[5] 跌宕(dàng荡):放纵不拘。亦指音节抑扬顿挫。

　清宵游乐归来,馀兴未已。词人感到,生活中还是有值得回味的事儿的。在静安词中,颇有这种峻爽豪宕之作。下半阕情境俱佳。1905年作于苏州。

青玉案

姑苏台上乌啼曙[1]。剩霸业、今如许[2]。醉后不堪仍吊古。月中杨柳,水边楼阁,犹自教歌舞[3]。　　野花开遍真娘墓[4]。绝代红颜委朝露[5]。算是人生赢得处。千秋诗料[6],一抔黄土[7],十里寒螀语[8]。

〔1〕姑苏台:春秋时吴王所筑之台,又称胥台。在江苏吴县西南的姑苏山上。或谓此台始基于吴王阖闾,而成于夫差。相传吴王夫差曾携西施游于台上。

〔2〕霸业:势力强盛的诸侯凭借其武力威势建立的功业。吴国曾一时强大,欲称霸中原。《史记·吴太伯世家》:"十四年春,吴王北会诸侯于黄池,欲霸中国以全周室。"

〔3〕"醉后"四句:意谓,我喝醉后,情怀难堪,又起了吊古之悲。仿佛那月中的杨柳、水边的楼阁,依然有人在征歌逐舞。

〔4〕真娘墓:唐代有吴妓真娘,时人比之苏小小。死后葬于吴宫之侧。今苏州虎丘山有真娘墓。

〔5〕绝代:冠绝一代。杜甫《佳人》诗:"绝代有佳人。"朝露:古人常以朝露比喻人生的短暂。词中亦有自伤之意。

〔6〕诗料:诗的素材。范成大《中秋卧病呈同社》诗:"卧病窘诗料。"千秋诗料,意谓后来文人好事者过吴,大多有过真娘墓凭吊之作。

〔7〕一抔(póu 裒)黄土:一抔土,即一捧土,指坟墓。

〔8〕寒螀(jiāng 浆):寒蝉。蝉的一种。似蝉而小,青赤。

吊古之词,低回掩抑。"绝代"一语,当发自词人怆痛的内心。悲悯的情怀,正是静安对沦落风尘的女子充满着悲悯之心的原因了。1905年秋作于苏州。

浣溪沙

画舫离筵乐未停[1]。潇潇暮雨阖闾城[2]。那堪还向曲中听。　　只恨当时形影密,不关今日别离轻。梦回酒醒忆平生[3]。

〔1〕画舫(fǎng 仿):彩绘装饰的游船。
〔2〕阖闾城:指苏州。春秋时吴王阖闾在此大修宫室台观,国力强大。故称。
〔3〕"只恨"三句:静安于1898年见知于罗氏,八年来一直亲密无间。"只恨"两句是反语。正为今日轻易地别离而感到痛心,故忆起当时的亲密情景更难为怀。"酒醒"与上文"乐未停"呼应。

1905年11月,罗振玉以父丧辞江苏师范学堂监督事,静安不久亦辞职归里。此词当为送别罗氏之作。陈乃文《静安词序》引此词过片二语,谓"方之小山、少游,何多让也",又谓静安词"格高韵远,极缠绵婉约之致,能使宋人坠绪,绝而复续"。此词淡语深情,"只恨"、"不关"二虚词尤委曲有致。

人月圆

天公应自嫌寥落,随意着幽花[1]。月中霜里,数枝临水,水底横斜[2]。　　萧然四顾,疏林远渚[3],寂寞天涯。一声鹤唳,殷勤唤起,大地清华[4]。

〔1〕着:放置,安排。此指花朵缀上枝头。王维《杂诗》:"来日绮窗前,寒梅着花未。"

〔2〕"月中"三句:意谓在明月中,在清霜里,有几枝靠近水边,在水底映出那横斜的疏影。

〔3〕渚(zhǔ煮):水中间的小块陆地。

〔4〕"一声"三句:清华,清美华丽。形容景物之美。按,宋诗人林逋高尚不仕,隐于西湖孤山,终身不娶,种梅养鹤,时有"梅妻鹤子"之说,故前人咏梅诗词,每连类及鹤。末数语有高远之致,也许寓有作者的抱负吧。

《人间词话》中强调,写咏物之词,"语语都在目前,便是不隔"。又反映出咏物要得物之"神理"。可是,这谈何容易。此词着意写梅的"幽"意,却过于清空,不能给读者以"真切"的感受。"月中"三句,亦有隶事因袭之嫌。作于1906年初。

卜算子

水仙

罗袜悄无尘,金屋浑难贮[1]。月底溪边一饷看[2],便恐凌波去。　　独自惜幽芳,不敢矜迟莫[3]。却笑孤山万树梅,狼藉花如许[4]。

〔1〕"罗袜"二句:罗袜,曹植《洛神赋》:"凌波微步,罗袜生尘。"金屋,《汉武故事》载,胶东王刘彻数岁时,长公主嫖抱置膝上,指其女问曰:"阿娇好不?"笑对曰:"好!若得阿娇作妇,当作金屋贮之也。"阿娇,即后来汉武帝的陈皇后。两句谓水仙花品格清高,不慕荣华富贵。

〔2〕一晌:片时。

〔3〕矜:怜惜,同情。迟莫:同"迟暮"。

〔4〕"却笑"二句:孤山,在杭州西湖边。宋诗人林和靖隐居于此,种梅养鹤。二语以梅花作反衬。

此词咏水仙,亦是词人自况。作于1906年初。

蝶恋花

急景流年真一箭[1]。残雪声中,省识东风面[2]。风里垂杨千万线[3],昨宵染就鹅黄浅[4]。　　又是帘纤春雨暗[5]。倚遍危楼[6],高处人难见。已恨平芜随雁远,暝烟更界平芜断[7]。

〔1〕"急景"句:形容光阴速逝。

〔2〕"省识"句:意说春天到来了。活用杜甫《咏怀古迹》诗"画图省识春风面"句。

〔3〕线:指杨枝。

〔4〕鹅黄:鹅儿黄。淡黄色,常以形容初春的杨柳。

〔5〕廉纤:细雨貌。

〔6〕危楼:高楼。

〔7〕"已恨"二句:平芜,杂草繁茂的原野。一"界"字得暝烟的神理。

冬去春来,时光易逝。这里抒发的不光是年华迟暮的感慨,也许还有在探索过程中遇到挫折时的痛苦。《人间词话》把"独上高楼,望尽天涯路"作为古今之成大事业大学问者必经的第一境,而本词中正表现"望而不见"时的忧思。作于1906年初。

鹊桥仙

沉沉戍鼓[1],萧萧厩马[2],起视霜华满地[3]。猛然记得别伊时,正今夕、邮亭天气[4]。　　北征车辙,南征归梦,知是调停无计[5]。人间事事不堪凭,但除却、无凭两字[6]。

〔1〕沉沉:形容鼓声。戍鼓:戍楼中响起的暮鼓。

〔2〕萧萧:马嘶声。

〔3〕霜华:同"霜花"。指浓霜。以其呈结晶状,斑驳如花,故称。

〔4〕邮亭:古时设在沿途、供送文书的人和旅客歇宿的馆舍。

〔5〕"北征"三句:车辙,车轮碾过的痕迹。三句说自己身在北方,心向江南。

〔6〕"人间"二句:意谓人间事事都是虚幻难凭的,只有"无凭"两

字,才称得上是真的。末句加倍写法。

词人厌倦了客中的生涯。十年来,江北江南,行踪无定,他感到,眼前的一切都是不实在的,自己找不到一个可以安身立命的地方。末二句颇有巧思。作于1906年2月北上中。

减字木兰花

皋兰被径[1]。月底栏干闲独凭[2]。修竹娟娟。风里时闻响佩环[3]。蓦然深省[4]。起踏中庭千个影[5]。依旧人间。一梦钧天只惘然[6]。

[1] 被:覆盖。

[2] 凭(pìng):读去声。

[3] 娟娟:美好貌。佩环:古代的衣饰,以玉制成,碰击时发出清美的声音。两句写清风动竹之声。

[4] 蓦(mò 墨)然:猛然,突然。深省:深刻的省悟。这里谓风竹之声发己之深省。

[5] 个:量词。千个影,犹言"千竿影"。

[6] "依旧"两句:钧天,《史记·赵世家》载,赵简子曾梦到天帝之所,"与百神游于钧天,广乐九奏万舞,不类三代之乐,其声动人心"。两句写从梦想跌回现实,因而惘然若有所失。

此词写的是月夜里的情思。一切都是那样的清幽、静美,词人仿佛与这清夜融为一体了。可是,他突然省悟过来,他依旧生活在污浊的人世间,留下的只是无限的惆怅。作于1906年。

鹧鸪天

阁道风飘五丈旗[1]。层楼突兀与云齐[2]。空馀明月连钱列,不照红葩倒井披[3]。　　频摸索,且攀跻。千门万户是耶非[4]。人间总是堪疑处,唯有兹疑不可疑[5]。

〔1〕阁道:即栈道。在高楼间架空的通道。五丈旗:大旗。宫中所用。

〔2〕突兀:高耸特出貌。与云齐:形容楼的高峻。《古诗》:"西北有高楼,上与浮云齐。"

〔3〕"空馀"二句:上句语出班固《西都赋》:"隋侯明月,错落其间;金釭衔璧,是为列钱。"明月,指明月珠,即夜光珠。连钱列,谓珠灯像连钱般排列着。下句语出张衡《西京赋》:"蒂倒茄于藻井,披红葩之狎猎。"井,指藻井,即天花板。藻井在屋之顶端,光照不到。两句描写高楼上华美的装饰。

〔4〕"频摸索"三句:千门万户,形容宫室屋宇广大。是耶非,疑似之辞。三句当有寓意。我们也可以看成是静安在哲学王国中的艰苦求索的情景。

〔5〕"人间"二句:意谓人间中,总是有许多值得怀疑的情事,但只有这个难以解释的疑团是实在的,不能置疑的。兹疑,此疑。指上边所写的奇境。其实这天宫般的奇境,也许是静安想象中朝廷宫殿的情景

吧。从哲学上来说,静安认为,一切都是幻想,唯有这"疑问"是永恒的,无可置疑的。

这首词是上篇"一梦钧天"的具体写照。高耸入云的楼阁,旗帜飘举,万户千门,那是词人理想中的华严世界。他认为只有这才是"不可疑"的,而现实世界的一切存在皆非真实。理想和现实的矛盾无时不亘于静安的胸中。静安此词,幻想奇特,寓意深新,求诸古人,得未曾有。此词疑为1906年春初抵北京时作。

蝶恋花

窣地重帘围画省。帘外红墙,高与银河并[1]。开尽隔墙桃与杏。人间望眼何由骋[2]。　　举首忽惊明月冷。月里依稀,认得山河影[3]。问取嫦娥浑未肯。相携素手层城顶[4]。

[1]"窣地"三句:窣(sù 速)地,犹言拂地。画省,省,指尚书省。"帘外"二句,语本李商隐《代应》诗:"本来银汉是红墙,隔得卢家白玉堂。"三句意说朝廷门墙高峻,难以进入。深得"怨而不怒"之旨。

[2]"开尽"二句:骋,骋目,犹言纵目。二语颇有艳羡之意。

[3]山河影:月中有阴影,旧谓是山河的影子。宋人潘自牧《记纂渊海》卷二引《淮南子》:"月中有物者,山河影也。"

[4]层城:古代神话谓昆仑山有层城九重,分三级:下层叫樊桐,一名板桐;中层叫玄圃,一名阆风;上层叫层城,一名天庭,为太帝所居,上

有不死之树。层城为天帝居所,此以喻朝廷。

词人也许还未能忘情于仕途,他希望能通过政治改革来实现自己的理想。在立宪派积极活动的时候,静安来到北京,免不了受到立宪风潮的影响。末二语见意。作于1906年春。

临江仙

闻说金微郎戍处[1],昨宵梦向金微。不知今又过辽西[2]。千屯沙上暗,万骑月中嘶[3]。　　郎似梅花侬似叶,朅来手抚空枝[4]。可怜开谢不同时[5]。漫言花落早,只是叶生迟[6]。

[1] 金微:唐都督府名。贞观二十一年(647)以铁勒仆骨部地置,以金微山得名。故地在外蒙古东部。金微山,即阿尔泰山。东汉永元三年(91)耿夔、任尚等破北匈奴于此。

[2] "不知"句:辽西距金微千里之遥,词中皆以泛指边地。句意谓昨宵金微之梦也成空了。

[3] "千屯"二句:意说女子的梦魂来到戍地,在千屯万骑之中无法找到自己的亲人。

[4] "朅来"句:朅(qiè怯)来,犹言去来。这里侧重在"来"。"空枝"一语,前人未道。熟意生用,有夺胎换骨之妙。

[5] "可怜"句:梅花先叶而开,先叶而落,意谓男女双方不能同时共处。

〔6〕"漫言"二句:亦得"怨而不怒"之旨。

写思妇之情,真切动人。前数语颇有刘皂《朔方旅次》诗的情调。过片二语甚有新意,"手抚空枝"四字,化陈腐为神奇,读之令人低回掩仰,不能自已。作于1906年。

南歌子

又是乌西匿〔1〕,初看雁北翔〔2〕。好与报檀郎〔3〕。春来宵渐短,莫思量。

〔1〕乌:金乌。古代神话,太阳中有三足乌。近世马王堆出土的帛画中也画有此,因用为太阳的别称。匿:隐藏。
〔2〕雁北翔:意谓冬去春来,南雁北飞。
〔3〕檀郎:晋代潘安小字檀奴,姿仪秀美,后以檀郎为美男子的代称。女子亦以此称呼自己的情郎。

小词颇含蓄有致。女子说,春夜渐短,不要再思量了。言外之意是,在漫漫的冬夜里,我一直在苦苦相思呢！写闺中的别情如此深曲,当有所寓意。此词颇有古乐府的遗意,语拙而味永。末语笔力极重。作于1906年春。

蝶恋花

窈窕燕姬年十五[1]。惯曳长裾[2],不作纤纤步。众里嫣然通一顾[3]。人间颜色如尘土[4]。　　一树亭亭花乍吐。除却天然,欲赠浑无语[5]。当面吴娘夸善舞。可怜总被腰肢误[6]。

〔1〕窈窕:美好貌。《诗·周南·关雎》:"窈窕淑女,君子好逑。"燕姬:燕地的女子。指北京姑娘。

〔2〕裾:衣服的前后襟。

〔3〕嫣然:形容女子之美。宋玉《登徒子好色赋》:"嫣然一笑,惑阳城,迷下蔡。"

〔4〕颜色:容貌。指女子的容色。白居易《长恨歌》:"回眸一笑百媚生,六宫粉黛无颜色。"

〔5〕"一树"三句:意谓北国女子像一株亭亭而立的高树,奇花初吐。除了"天然"这两字外,要赠给她再没有别的语言了。亭亭,高立貌。

〔6〕"当面"二句:词意说,吴娘束腰善舞,未免作态,失却了天然风韵。吴娘,吴地女子。

北国健康美丽的少女,给词人留下深深的印象。"天然"二字,是静安审美的标准,"清水出芙蓉,天然去雕饰",这就是《人间词话》中盛称的"自然神妙"之处。那些束腰善舞的吴娘,比起朴素大方的燕姬来,就不免"颜色如尘土"了。本词也可以作一篇词论读。

玉楼春

西园花落深堪扫。过眼韶华真草草[1]。开时寂寂尚无人[2],今日偏嗔摇落早[3]。　　昨朝却走西山道[4]。花事山中浑未了[5]。数峰和雨对斜阳[6],十里杜鹃红似烧[7]。

〔1〕韶华:美好的时光。指春光。草草:匆匆。意谓来不及好好欣赏。
〔2〕寂寂:冷落。
〔3〕嗔(chēn瞋):怒,责怪。摇落:凋谢,零落。
〔4〕西山:当指北京城西的西山。
〔5〕花事:此指花开之事。
〔6〕"数峰"句:写春末夏初晴雨不定的天气。
〔7〕烧(shào哨):野火。

以古诗的手法填词,便有拙致。"开时"二句,颇有"千秋万世名,寂寞身后事"的悲慨。1906年春作于北京。

蝶恋花

莫斗婵娟弓样月[1]。只坐蛾眉[2],消得千谣诼[3]。臂上宫砂那不灭。古来积毁能销骨[4]。　　手把齐纨相诀绝。懒祝秋风,再使人间热[5]。镜里朱颜犹未歇。不辞自媚朝和夕[6]。

〔1〕婵娟:美好貌。弓样月:指新月。形状似弓,故称。
〔2〕坐:因为,由于。
〔3〕谣诼:《离骚》:"众女嫉余之蛾眉兮,谣诼谓余以善淫。"词中用此典,可见流言蜚语对敏感的词人刺激之深。
〔4〕"臂上"二句:可参见后文《虞美人》词"自来积毁"句注。
〔5〕"手把"三句:语本班婕妤《怨歌行》:"新裂齐纨素,皎洁如霜雪。裁为合欢扇,团团似明月。出入君怀袖,动摇微风发。常恐秋节至,凉飙夺炎热。弃捐箧笥中,恩情中道绝。"三句愤世之辞,极写诀绝之意。齐纨,齐地出产的白细绢。
〔6〕"镜里"二句:自媚,自相爱悦,顾影自怜。两句犹《虞美人》词"且自簪花坐赏镜中人"句意。

作者心中有着不可消释的怨愤。他一再唱道:"自来积毁骨能销。何况真红一点臂砂娇。"(《虞美人》)"镜里朱颜难驻。"(《鹊桥仙》)才行高洁的静安,饱受世人的冷眼与流言,他感到绝望的孤独。此词列于《甲稿》之末,疑作于1906年初春。

阮郎归

美人消息隔重关[1]。川途弯复弯[2]。沉沉空翠压征鞍[3]。

马前山复山。　　浓泼黛[4],缓拖鬟。当年看复看。只馀眉样在人间。相逢艰复艰[5]。

〔1〕美人:指自己所想念的人。《诗·邶风·简兮》:"云谁之思?西方美人。"

〔2〕川途:指路途。原野道路。

〔3〕空翠:指山色。因山中多草木,翠色如浮于空中,故云。"沉沉"二字,亦暗示词人的心境。

〔4〕泼黛:形容苍翠的山色。以远山暗喻美人的眉黛。

〔5〕"只馀"二句:意说,如今只见到黛眉般的远山,它却在阻隔着我们相会。眉样,古代女子画眉的式样。古有眉谱,绘写各种眉样,有所谓"十样宫眉"。这里指"远山眉"。

此词有古乐府风调。《太平广记》卷三三〇《中官》条引《灵怪集》载,有中官宿于官坡舍,夜见四人赋诗联句歌曰:"床头锦衾斑复斑,架上朱衣殷复殷。空庭朗月闲复闲,夜长路远山复山。"后人因名此体曰《字字双》。作于1906年春。

蝶恋花

昨夜梦中多少恨?细马香车[1],两两行相近。对面似怜人瘦损。众中不惜搴帷问[2]。　　陌上轻雷听隐辚[3]。梦里难从,觉后那堪讯[4]。蜡泪窗前堆一寸[5]。人间只有相思分[6]。

〔1〕细马香车:古乐府《钱塘苏小歌》:"妾乘油壁车,郎骑青骢马。何处结同心,西陵松柏下。"细马,良马。

〔2〕"对面"二句:写路遇时的情景,表现了双方相知之深,情意之切,男子为相思而瘦损,女子也深知而不惜搴帷讯问。感恩知己,词中当有寓意。"似怜",是设想对方的心理活动,"不惜",已包含着对对方行为的评价。搴帷,撩起帘帷。

〔3〕轻雷:比喻车声。隐辚(lìn 吝):车声。

〔4〕觉(jiào 叫)后:醒来。

〔5〕蜡泪:即烛泪。蜡烛燃烧时滴下的烛油。

〔6〕分(fèn 份):份。

末两句写醒后不眠的情景。

无疑,这是一首优秀的作品。在静安词中自不可多得。樊志厚《人间词·乙稿·序》亦盛称其"意境两忘,物我一体"。此词当比"天末同云"、"百尺朱楼"二作较胜,出语自然,情味深永。在词的格调上颇近庄中白《蝶恋花》诸作,但笔力更为挺健。正由于用力过重,立意刻画,转失却五代北宋词之"空灵"。写梦中的相会与醒后的相思,虽亦"造境"之语,然皆真切动人。大概也是寄寓词人"思君"之意吧。当作于1906年春。

浣溪沙

七月西风动地吹。黄埃和叶满城飞[1]。征人一日换缁衣^[2]。　　金马岂真堪避世^[3],海鸥应是未忘机^[4]。故人今有问归期。

〔1〕"七月"二句:写北京秋景,亦隐喻当时不稳定的政治局势。

〔2〕缁(zī资)衣:黑布之衣。陆机《为顾彦先赠妇》诗:"京洛多风尘,素衣化为缁。"旧时北京人为耐风尘,喜穿黑衣,然在本词中却别有含意。衣裳因风尘而变黑,暗示京城中环境的污浊。狷介自持的王国维在这社会环境中自然是难以适应了。

〔3〕金马:金马门。汉代宫门名。汉代征召来的人,都待诏公车,其中被认为才能优异的令待诏金马门。故登金马则意味着做官扬名。避世:隐居不出仕。贤者为逃避恶浊社会而隐居。按,《史记·滑稽列传》载,汉武帝时,东方朔入长安,诏拜为郎。朔时坐席中,酒酣,据地歌曰:"陆沉于俗,避世金马门。宫殿中可以避世全身,何必深山之中,蒿庐之下!"词中用此意。

〔4〕忘机:泯除机心。无计较或巧诈之心。谓甘愿恬淡与世无争。典出《列子·黄帝》。谓古时海上有好鸥鸟者,每日从鸥鸟游,鸥鸟至者以百数。其父曰:"吾闻沤(鸥)鸟皆从汝游,汝取来,吾玩之。"次日至海上,鸥鸟舞而不下。因谓人无机心,则异类亦与之相亲。这里说"未忘机",实际上是说自己尚有用世之心,对此次入京之行颇有反省之意。

光绪三十二年(1906),静安应罗振玉之邀,第一次来到北京,暂寓罗氏家中。次年,由罗氏举荐,被派在学部总务司行走,以后又任学部图书馆编译、名词馆协修。在这前后两三年间,静安的治学兴趣集中于文学方面,特别潜心于词曲。《人间词·甲稿》、《人间词·乙稿》都在这个时候写成。经过一段时期的词的创作实践后,写成了近代最著名的文艺批评论著《人间词话》。本词当作于静安初到北京之时,词中表现了他在出处问题上的矛盾。京师中污浊的气氛使人们感到压抑,经过西方哲学长时间陶熏的词人,更敏锐地洞察到行将崩溃的封建王朝的种种黑暗和罪恶,因而也无意置身于争权夺利的官场中,才来不久,他已想着回去了,回到江南海滨,重过读书著述的学者生涯。

浣溪沙

六郡良家最少年[1]。戎装骏马照山川。闲抛金弹落飞鸢[2]。　　何处高楼无可醉,谁家红袖不相怜[3]。人间那信有华颠[4]。

[1] 六郡良家:六郡,指汉代陇西、天水、安定、北地、上郡、西河。《汉书·地理志下》:"汉兴,六郡良家子,选给羽林、期门,以材力为官,名将多出焉。"良家子,指非从事所谓贱业的人家子弟。

[2] 金弹:《西京杂记》载,汉武帝的弄臣韩嫣好弹,常以金为丸。鸢(yuān 冤):老鹰。

[3] 红袖:这里指青楼卖笑的女子。

[4] 华颠:白头。谓贵公子终日作乐,不知老之将至。

此词写雄姿英发的少年,骑马闲游,登楼痛饮,竟不知人间有衰疾之事了。叶嘉莹《从〈人间词话〉看温韦冯李四家词的风格》一文,引静安此词云:"凡此所写皆足以证明马上英姿之俊发之可以得墙头佳人之间顾,之可以得楼上红袖之相招,于是一切目成心许之韵事乃尽在不言中矣。"当为清末北京贵游子弟生活的写照。作于1906年。

浣溪沙

城郭秋生一夜凉。独骑瘦马傍宫墙[1]。参差霜阙带朝阳[2]。　　旋解冻痕生绿雾[3],倒涵高树作金光。人间夜色尚苍苍[4]。

〔1〕宫墙:指清故宫的城墙。
〔2〕参差(cēn cī岑阴平疵):高低不齐貌。阙:宫殿前的高建筑物。通常左右各一,建成高台,台上起楼观。带:映照。
〔3〕冻痕:指霜痕。
〔4〕"人间"句:一笔兜转,反衬宫城的高峻。亦有寓意。

词人主张要"感自己之感,言自己之言","故能写真景物、真感情者谓之有境界"。此词写京师秋日的清晨,是真切的"写境",过片二语尤得神理。末句微露旨意。1906年秋初在北京作。

点绛唇

厚地高天[1],侧身颇觉平生左[2]。小斋如舸。自许回旋可[3]。　　聊复浮生,得此须臾我[4]。乾坤大。霜林独坐。红叶纷纷堕[5]。

〔1〕厚地高天:《诗·小雅·正月》:"谓天盖高,不敢不局;谓地盖厚,不敢不蹐。"诗人遭逢世乱,觉得在天地之间无处容身,每有此叹。

〔2〕侧身:厕身,置身。侧身,亦有倾侧身体,忧愁不安之意。左:乖牾,不协调。这里指理想与现实、感情与理性等方面的矛盾。

〔3〕"小斋"二句:舸(gě),小船。回旋,《列子·汤问》:"回旋进退,莫不中节。"语意相关。以船在水中回旋设喻,谓自己在斋中读书时取得相对的自由,游息自乐。

〔4〕"聊复"二句:浮生,古人以为人生虚幻,世事无定,因称人生为"浮生"。须臾,片刻,暂时。两语有沈厚的哲学意味。词人要在虚幻的人生中掌握住"自己",追求自我完善,独善其身,以保持个人独立的品格。

〔5〕"乾坤大"三句:以乾坤之大作衬,表现自己广远的心境。末二语景中有情,如读王维辋川诸什。

词人曾经叹息过:"欲为哲学家,则感情苦多而知力苦寡;欲为诗人,则又苦感情寡而理性多。"静安是一位既富于感情,又有邃密的理性的诗人兼学者,他彷徨于文学与哲学之间,最后终于选择"经史、古文字、古器物之学",以图"远于现实之人生,亦可暂忘生活之欲"。本词中"侧身颇觉平生左"一语,道尽了静安在三十岁前后矛盾的心事,也是他事事乖牾的一生的总结吧。作于1906年秋。

蝶恋花

满地霜华浓似雪[1]。人语西风,瘦马嘶残月。一曲阳关浑未彻[2]。车声渐共歌声咽。　　换尽天涯芳草色[3]。陌上深深,依旧年时辙。自是浮生无可说。人间第一耽离别[4]。

〔1〕霜华:此指严霜。因其每呈结晶状,故云。
〔2〕阳关:指《阳关三叠》曲。为古代送别的曲调。王维《送元二使安西》诗:"渭城朝雨浥轻尘,客舍青青柳色新。劝君更尽一杯酒,西出阳关无故人。"后来谱入乐府,即以诗中"渭城"或"阳关"名曲。
〔3〕天涯芳草:辛弃疾《摸鱼儿》词:"见说道、天涯芳草无归路。"静安活用其意。静安于是年春跟随罗振玉入京,数月后即奔丧回里。来去匆匆,情事已更,故深感人生之无常。
〔4〕耽离别:谓沉溺于离愁之中而不能自拔。离别,在本词中有生离死别之意。

光绪三十二年(1906)秋,静安曾奔父丧南归故里。这期间所写的诗词充满着悲凉的情调。本词写离别时的情景,残月出门,西风瘦马,词人不幸的遭遇加上他忧郁的天性,使他更感到人生的虚幻了。

蝶恋花

陡觉宵来情绪恶[1]。新月生时,黯黯伤离索[2]。此夜清光浑似昨。不辞自下深深幕[3]。　　何物尊前哀与乐[4]。已坠前欢[5],无据他年约。几度灯花开又落。人间须信思量错[6]。

〔1〕陡觉:忽觉。

〔2〕黯黯:心神沮丧貌。离索:离群索居。离开同伴而孤独地生活。

〔3〕"此夜"二句:今夜清亮的月光还如昨夜,可是,我却放下了深深的帘幕,甘愿把自己隔绝开来。两句谓见月添愁,故索性垂帘独处。

〔4〕"何物"句:《世说新语·言语》载,谢安对王羲之曰:"中年伤于哀乐,与亲友别,辄作数日恶。"王曰:"年在桑榆,自然至此,正赖丝竹陶写。"

〔5〕坠前欢:指已经过去的欢娱。

〔6〕"几度"二句:灯花,灯芯的馀烬,爆成花形。古人认为是喜兆。思量,指相思。错,旧读入声。两句谓相思已非一朝一夕,自怨自艾,溢于言表。

词人是多感的。静安亦"古之伤心人",忧生忧世,自入京后,眼界益大,感慨益深,发而为词,哀乐无端,中有多少要眇难言的心事。《人间词话》云:"境非独谓景物也。喜怒哀乐,亦人心中之一境界。故能写真景物、真感情者,谓之有境界。"如此词,则可谓有境界者。作于1906年秋。

浣溪沙

乍向西邻斗草过〔1〕。药栏红日尚婆娑〔2〕。一春只遣睡消磨。　　发为沉酣从委枕,脸缘微笑暂生涡。这回好梦莫惊他〔3〕。

〔1〕斗草:即斗百草,为我国古代儿童及少女的一种游戏。三数人各寻春草数种,各道各目,进行比赛,以其名色吉祥而又罕见者为胜。斗草之戏起于南朝,盛于唐宋,可令妇儿多识草木之名。《荆楚岁时记》:"五月五日,四民并踏百草,又有斗百草之戏。"

〔2〕药栏:红药栏。种植红芍药花圃的栏槛。古人常凭栏赏花。婆娑:盘旋,停留。

〔3〕"发为"三句:沉酣,沉眠,熟睡。委,垂下。涡,颊涡,常语称为"酒涡"。下阕颇肖六朝宫体诗。晏殊《破阵子》词:"疑怪昨宵春梦好,元是今朝斗草赢,笑从双脸生。"晏词写梦后斗草时之笑,王词写斗草后梦中之笑,皆有一"赢"意,然王词不点明,更含蓄有味。

此词为静安词中最为绮艳之作。或有本事,已难深考。格调近欧阳修之小令,如所谓"虽作艳语,终有品格"者。写少女的春困酣眠,过片二语,曲尽情态,方诸《红楼梦》中"憨湘云醉眠芍药裀"一大段描写,便觉后者辞费意尽了。当作于1907年春在海宁闲居之时。

浣溪沙

本事新词定有无〔1〕。这般绮语太胡卢〔2〕。灯前肠断为谁书。　　隐几窥君新制作〔3〕,背灯数妾旧欢娱:区区情事总难符〔4〕。

〔1〕本事:原事,实事。
〔2〕绮语:指描摹男女私情的诗文文字。胡卢:"胡卢提"之省。这

里有可笑、笑话之意。

〔3〕隐几:凭着几案。几,一种小桌子。古代设于座侧,以便凭倚。

〔4〕区区:小小。末句是真诗人之语。揭示"本事"与"制作"的微妙关系,非个中人绝不能道。

这也许是作者对他的词集的一份"说明书"吧。他要向读者说清楚,特别是要向后世的笺注者说清楚:不必细细推求每一首词的"本事"。因为,词中的绮语可能是美人香草式的譬喻,逐句坐实之,则会弄出笑话;即使是真的写恋情,也容许有艺术加工,不一定与事实全符。1907年春作于海宁。

应天长

紫骝却照春波绿。波上荡舟人似玉[1]。似相知,羞相逐。一晌低头犹送目[2]。　鬟云欹[3],眉黛蹙。应恨这番匆促。恼乱一时心曲[4]。手中双桨速[5]。

〔1〕"紫骝"二句:紫骝,良马名。又名枣骝。照,指照影。人似玉,谓女子如玉般洁白美好。上句写岸上骑马的少年郎,下句写水中的荡舟女。语本梁元帝《采莲赋》:"妖童媛女,荡舟心许。"

〔2〕"似相知"三句:一晌,片时。送目,谓以目光传情。三句写女郎的心理和情态。

〔3〕欹:倾斜,歪向一边。

〔4〕心曲:内心深处。

〔5〕"手中"句:"速"字甚妙,写出女郎心慌意乱的情态。

此词接近欧阳修词和婉的风格。写荡舟女子对马上少年的倾慕之情,着重刻画女子的心理活动,细腻优美,情致缠绵。作于1907年春。

菩萨蛮

红楼遥隔廉纤雨[1]。沉沉暝色笼高树。树影到侬窗。君家灯火光[2]。　风枝和影弄。似妾西窗梦[3]。梦醒即天涯。打窗闻落花[4]。

〔1〕廉纤:细微、纤细。
〔2〕"树影"二句:意谓,把树影照落我的窗前——是您家灯火的光辉。设想甚妙。
〔3〕"风枝"二句:意谓,轻风摆弄着枝叶的影子,动摇不定,仿佛像我在西窗下迷离的梦境。词中以梦境树影,别出新意。
〔4〕"梦醒"二句:情景交融。"梦醒天涯"四字,极炼。残梦落花,追寻已邈,此情此景,亦难为怀了。

其室则迩,其人甚远。词人在这里当有寄意。青年时代的静安,也总是在追求他的美好的理想,他没有找到政治上正确的出路,他的理想也如梦影般破灭流散了。作于1907年春暮。

浣溪沙

掩卷平生有百端[1]。饱更忧患转冥顽[2]。偶听鹈鴂怨春残[3]。　　坐觉无何消白日[4],更缘随例弄丹铅[5]。闲愁无分况清欢[6]。

〔1〕掩卷:合上书本。意谓有所触动而掩卷思量。百端:百绪,百感。

〔2〕更(gēng 耕):经过,阅历。更事,阅历世事。冥顽:愚钝无知。意谓情感麻木不仁。

〔3〕鹈鴂(tí jué 题决):即子规,杜鹃。《楚辞·离骚》:"恐鹈(鹈)鴂之先鸣兮,使夫百草为之不芳。"据说这种鸟儿一鸣,草木便开始萎谢。前人常以比喻小人为害。本词中或有此意。

〔4〕坐觉:正觉。无何:犹言未做旁的事。没有别的什么。

〔5〕随例:随便,照例。丹铅:丹砂和铅粉。古人校勘文字所用。以上两句写出无可奈何而又愤懑不平的心情。

〔6〕"闲愁"句:闲愁,指由无关紧要的事所惹起的愁绪,闲极无聊时所产生的愁绪。分,读去声。清欢,清闲安逸的快乐。这句当谓无时间去忧愁,更无时间去欢乐。

词中所写的是一位饱经忧患的中年人索寞的心境。静思身世,万感平生,仿佛对什么事情都麻木了。作于1907年春暮。

清平乐

垂杨深院。院落双飞燕。翠幕银灯春不浅。记得那时初见。
　　眼波靥晕微流。尊前却按《凉州》[1]。拚取一生肠断,消他几度回眸[2]?

[1]《凉州》:《凉州曲》。唐天宝乐曲,常以边地名。《凉州曲》悲壮苍凉,故与"春不浅"的情调不协。

[2]"拚取"二句:赵令畤《清平乐》词:"断送一生憔悴,只消几个黄昏?"用意略似。消,禁得起。

全是晏小山的风调。语意虽佳,然终嫌有摹拟之迹。静安学北宋,每有此病,惜哉! 作于1907年春暮。

浣溪沙

花影闲窗压几重。连环新解玉玲珑[1]。日长无事等匆匆[2]。　　静听班骓深巷里[3],坐看飞鸟镜屏中。乍梳云髻那时松。

[1]"连环"句:《战国策·齐策》载,秦王遣使臣送玉连环到齐国。说:齐人聪明,能解此环吗? 齐王以示群臣,都认为不能解。齐王后乃用

159

椎把连环打破,对秦使臣说,这就解了。此典本写女子的巧慧,词中用此,疑有别后情人消息断绝之意。玲珑,形容清越的玉声。

〔2〕等:何,何必。

〔3〕班骓:即斑骓。黑白色相间的马。古乐府《神弦歌·明下童曲》有"陆郎乘班骓"之句,因以指情人所乘之马。

此词写闺中的春思。下片刻画百无聊赖的情态入神。如果说有寄意的话,或者是抒发文人失职之悲感吧。作于1907年春暮。

浣溪沙

爱棹扁舟傍岸行。红妆素萏斗轻盈[1]。脸边舷外晚霞明。

为惜花香停短棹,戏窥鬓影拨流萍。玉钗斜立小蜻蜓[2]。

〔1〕红妆:指妇女的盛装。以色尚红,故称。素萏(dàn 淡):白荷花。萏,菡萏,即荷花。斗轻盈:意谓女子修长的身子跟出水的荷花同在水面轻盈晃动。

〔2〕"玉钗"句:语本刘禹锡《春词》:"行到中庭数花朵,蜻蜓飞上玉搔头。"写出女子的情态。沉醉在自己的丽色中,久久不动,以至蜻蜓立于钗头而不觉。

词中写泛舟的少女,纯是《花间》格调。辞语秾丽,然终嫌有造作之迹,不及唐五代词的天然意态。作于1907年。

虞美人

弄梅骑竹嬉游日[1]。门户初相识。未能羞涩但娇痴。却立风前散发衬凝脂[2]。　　近来瞥见都无语。但觉双眉聚[3]。不知何日始工愁[4]。记取那回花下一低头。

〔1〕弄梅骑竹：李白《长干行》："妾发初覆额,折花门前剧。郎骑竹马来,绕床弄青梅。"写小儿女天真无邪,嬉戏之状。

〔2〕凝脂：凝冻的油脂,柔滑洁白,比喻人皮肤细白润泽。《诗·卫风·硕人》："肤如凝脂。"

〔3〕眉聚：谓双眉蹙起。形容愁状。

〔4〕工愁：善愁。此指少女思春之愁。

写小儿女娇痴的情态如画,佳则佳矣,然非北宋人情调。清人王小山(王时翔)、郑板桥每有此种。初学者好之、效之,扭捏作态,易堕恶道,不可不慎也。1907年作于海宁。

蝶恋花

春到临春花正妩[1]。迟日阑干[2],蜂蝶飞无数。谁遣一春抛却去。马蹄日日章台路[3]。　　几度寻春春不遇。不见春来,那识春归处[4]。斜日晚风杨柳渚。马头何处无飞絮〔5〕。

〔1〕临春:阁名。《陈书·张贵妃传》载,南朝陈后主"至德二年,乃于光照殿前起临春、结绮、望仙三阁,阁高数十丈,并数十间。其窗牖、壁带、悬楣、栏槛之类,并以沉檀香为之,又饰以金玉,间以珠翠,外施珠帘",穷极奢华。

〔2〕迟日:《诗·豳风·七月》:"春日迟迟。"

〔3〕章台路:章台,宫名。战国时建。在陕西长安县故城西南隅。在台下有街名章台街。《汉书·张敞传》载,汉京兆尹张敞"无威仪,时罢朝会,过走马章台街,使御吏驱,自以便面拊马"。因以章台路泛指京城中的大路。

〔4〕"几度"三句:写词客悯悯情怀,自有难言之恨。

〔5〕"斜日"二句:谓到处都是残春景状。事已至此,亦无可如何了。上下两片,恰成对比。

此词为静安自赏之作。《人间词话》故引樊抗夫(志厚)之说,谓此数阕"凿空而道,开词家未有之境"。并云:"余自谓才不若古人,但于力争第一义处,古人亦不如我用意耳。"词人所谓的"第一义",当自严羽《沧浪诗话》"以禅喻诗"而来:"学者须从最上乘具正法眼,悟第一义。"又,"论诗如论禅,汉魏晋与盛唐之诗则第一义也"。这"第一义",据叶嘉莹解释,"就是诗人内心深处的一种兴发感动的力量",也就是达到静安所谓的"境界"。词中的寓意难明,大概也是叹息王朝的没落和自己理想的破灭吧。1907年春作于海宁。

蝶恋花

袅袅鞭丝冲落絮[1]。归去临春[2],试问春何许[3]。小阁重帘天易暮。隔帘阵阵飞红雨[4]。　刻意伤春谁与诉[5]。闷拥罗衾,动作经旬度[6]。已恨年华留不住。争知恨里年华去。

〔1〕袅袅:轻盈柔美貌。鞭丝:马鞭。
〔2〕临春:殿阁名。这里泛指华美的楼阁。
〔3〕何许:何处。
〔4〕红雨:比喻落花。李贺《将进酒》:"桃花乱落如红雨。"
〔5〕刻意伤春:李商隐《杜司勋》诗:"刻意伤春复伤别,人间惟有杜司勋。"意谓杜牧多伤春伤别之作,以寄寓忧国忧民的思想感情。本词亦用此意。
〔6〕动:不觉。动不动便。经旬:过十天。

全词之旨在"刻意伤春"四字。用意与上篇("春到临春")略同,当为同时之作,1907年春作于海宁。

蝶恋花

窗外绿阴添几许。剩有朱樱[1],尚系残春住[2]。老尽莺雏无一语。飞来衔得樱桃去[3]。　　坐看画梁双燕乳[4]。燕语呢喃[5],似惜人迟暮[6]。自是思量渠不与[7]。人间总被思量误。

〔1〕朱樱:深红色的樱桃。

〔2〕系:缚住。

〔3〕老尽莺雏:这里以雏莺老去衬人的迟暮。按,莺衔樱桃,前人诗文习见。《吕氏春秋·仲夏》:"仲春羞以含桃,先荐寝庙。"注:"含桃,莺(樱)桃,莺鸟所含食。"王维《敕赐百官樱桃》诗:"非关御苑鸟衔残。"

〔4〕画梁:彩绘的屋梁。卢照邻《长安古意》诗:"双燕双飞绕画梁。"双燕乳:双燕在哺育幼燕。

〔5〕呢喃:燕子鸣声。

〔6〕迟暮:比喻衰老、晚年。《楚辞·离骚》:"惟草木之零落兮,恐美人之迟暮。"本词中亦有此慨。

〔7〕渠:它。指燕子。不与:不共。

此词写暮春时节的感触与离情别绪。全词关键在"迟暮"一语,借惜春以寄慨。1907年春作于海宁。

点绛唇

屏却相思,近来知道都无益[1]。不成抛掷[2]。梦里终相觅。　　醒后楼台[3],与梦俱明灭。西窗白。纷纷凉月[4]。一院丁香雪[5]。

〔1〕"屏却"二句：屏（bǐng摒）却，放弃，排除。两句从李商隐《无题》词"直道相思了无益"化出。相思已非一朝一夕，受够了相思之苦，才决意屏却它。

〔2〕不成：意谓不得，没有成效。

〔3〕醒后楼台：疑真疑幻，不必坐实之，既可指梦中寻觅时虚无缥缈的楼台，亦可指醒后所见的楼台。

〔4〕纷纷凉月：杜甫《陪郑广文游何将军山林》诗之九："绤衣挂萝薜，凉月白纷纷。"纷纷，形容月色之美。

〔5〕丁香：木犀科灌木，农历二月开小喇叭花，有紫、白两种。白者香清，古人常植于庭院中。有"丁香院落"之语。词中以溶溶月色中的白丁香来烘托人的寂寞和惆怅，别具凄美之致。

这是一首刻骨铭心的情词。相思是无法摆脱的，在梦中，在醒后，它总是揪紧着情人孤寂的心。此词结语，真可谓"物我两忘"，在缥缈恍惚的追寻中，别有一种幽清的韵致。在静安抒情小词中，当以此等作品为极则。1907年春作于海宁。

祝英台近

月初残，门小掩，看上大堤去[1]。徒御喧阗[2]，行子黯无语[3]。为谁收拾离颜[4]，一腔红泪[5]，待留向、孤衾偷注[6]。　　马蹄驻。但觉怨慕悲凉[7]，条风过平楚[8]。树上啼鹃，又诉岁华暮[9]。思量只有人间，年年征路。纵有恨、都无啼处。

〔1〕"门小掩"二句:"小"字炼。点明闺人送别后即回。大堤,当指海宁盐官南面的钱塘江堤。

〔2〕徒御:挽车者与驾车者。喧阗:哄闹声。

〔3〕黯:心神沮丧貌。

〔4〕"为谁"句:暗用《诗·卫风·伯兮》:"自伯之东,首如飞蓬。岂无膏沐,谁适为容?"

〔5〕红泪:王嘉《拾遗记》:"文帝所爱美人姓薛,名灵芸……闻别父母,歔欷累日,泪下沾衣。至升车就路之时,以玉唾壶承泪,壶则红色;既发常山,及至京师,壶中泪凝如血。"因以指女子别离时的悲泪。

〔6〕孤衾:指独眠时的被子。

〔7〕怨慕:怨恨,思慕。

〔8〕条风:东风。平楚:平野。

〔9〕岁华:岁时。这里亦指年华。

写别情极尽低回掩仰之致。此词宛曲叙来,虽无惊创之笔,然如怨如慕,自有动人心处。上下片分写闺人游子,各怀心事,是本色语。当作于1907年春,离海宁北上之时。

清平乐

斜行淡墨[1],袖得伊书迹[2]。满纸相思容易说,只爱年年离别[3]。　　罗衾独拥黄昏[4]。春来几点啼痕。厚薄但观妾命,浅深莫问君恩[5]。

〔1〕斜行淡墨:意味着匆匆写成。字体草率,墨也不及磨浓。
〔2〕袖:这里作动词用。放进袖中。伊:他。指游子。
〔3〕"满纸"二句:深曲有味,得"怨而不怒"之旨。
〔4〕罗衾:用丝织品做成的被子。
〔5〕"厚薄"二句:妾薄命,为乐府古题。浅深,谓君恩之浅深。"厚薄"、"浅深",语意相关,与上文"罗衾"、"啼痕"呼应。罗衾的厚薄及人所感受到的冷暖,意味着思妇的命运。这里实际是自伤薄命,衾上啼痕的浅深多少,也意味着恋人的情意短长。"莫问"一语,故作拚弃之辞,以表现"忠悃"之意,自怨自艾而终不疑君。

此词写相思离别之情,而寄意深微,然亦因追求"寄托"而生"隔"。1907年春暮,静安受罗振玉之荐,学部尚书荣庆命在学部总务司行走,充学部图书局编辑,主编译及审定教科书等事。作者初入官场,纵使他日的命运难知,但对"君恩"早已深心铭感了。

减字木兰花

乱山四倚[1]。人马崎岖行井底。路逐峰旋。斜日杏花明一山[2]。　销沉就里。终古兴亡离别意[3]。依旧年年。迤逦骡纲度上关[4]。

〔1〕"乱山"句:一"倚"字写出乱山形象。

〔2〕"斜日"句:照花斜阳,情景甚美。

〔3〕"销沉"二句:语本杜牧《登乐游原》诗:"长空澹澹孤鸟没,万古销沉向此中。看取汉家何事业,五陵无树起秋风。"

〔4〕逶迤(yǐ lǐ 以里):曲折连绵。此指曲折行去。骡纲:载货物的骡队。

此当为在北京时出游军都山居庸关之作。以重笔作小词,仿佛陈其年的格调。作为一位历史学家的王静安,对朝代兴亡自有更深刻的感慨。末二语在写景物中寓有哲理。此词编入《乙稿》,作于1907年春暮。

蝶恋花

冉冉蘅皋春又暮〔1〕。千里生还,一诀成终古〔2〕。自是精魂先魄去〔3〕。凄凉病榻无多语。　　往事悠悠容细数〔4〕。见说来生〔5〕,只恐来生误。纵使兹盟终不负〔6〕。那时能记今生否?

〔1〕冉冉:流动貌。蘅皋:生着芳草的沼泽。蘅,蘅芜,香草名。这句本贺铸《青玉案》词:"碧云冉冉蘅皋暮,彩笔新题断肠句。"

〔2〕诀:长别。终古:久远,永远。

〔3〕魂:古人想象人的精神能离开形体而存在,这种精神称为"魂"。魄:指人身中依附形体而显现的精神,以别于能离体的魂。《礼记外传》:"人之精气曰魂,形体谓之魄。"

〔4〕悠悠:长远貌。

〔5〕来生:佛教有三生之说,称前生、今生、来生。人死后再投生为人,对"今生"来说叫来生。

〔6〕兹盟:此盟。指约来生为夫妇之盟。陈鸿《长恨传》载,唐玄宗和杨贵妃在天宝十年七夕,避暑于骊山长生殿,"因仰天感牛女事,密相誓心,愿世世为夫妇"。

下片全本纳兰性德《木兰花》词:"欲将恩爱结来生,只恐来生缘又短。"

1907年夏,夫人莫氏病危,静安闻讯即自京赶回海宁。七月二十五日抵家,在病榻旁料理医药之事。八月四日,莫氏卒,年仅三十四岁。此词为悼亡之作,感情极为沉痛悲凉。

菩萨蛮

高楼直挽银河住。当时曾笑牵牛处[1]。今夕渡河津。牵牛应笑人[2]。　桐梢垂露脚[3]。梢上惊乌掠。灯焰不成青。绿窗纱半明[4]。

〔1〕"高楼"二句:首句写层楼之高。挽银河,语出杜甫《洗兵行》:"安得壮士挽天河。"次句语本李商隐《马嵬》诗:"当时七夕笑牵牛。"意谓唐玄宗与杨贵妃在七夕相约世为夫妇,以为可永远相守,因而讥笑牵牛织女一年一度之期了。词中用此,写当年与莫氏夫人的少年意兴:真要挽住银河,长相厮守,因而瞧不起牵牛的别长会短了。

〔2〕"今夕"二句:河津,指银河的渡口。两句谓牵牛犹能有一年一度之期,而自己与莫氏今生今世再也不能相见了。一"笑"字寓意极悲。

〔3〕"桐梢"句:《世说新语·赏誉》:"清露晨流,新桐初引。"戴复古《月夜舟中》诗:"断桥垂露滴梧桐。"

〔4〕"灯焰"二句:写一夜无眠。

静安料理莫氏夫人丧事毕,返回北京,孤独地度过了这年七月七日之夜。牛郎织女双星渡河相会的传说,使他心中又添了许多哀感。寂寞地坐在窗前,静听那桐梢滴下的泠泠清露。也许,他想起李义山"他生未卜此生休"的诗句了吧。作于丁未年七夕(1907年8月15日)。

喜迁莺

秋雨霁,晚烟拖[1]。宫阙与云摩。片云流月入明河。鸤鹊散金波[2]。　　宜春院[3]。披香殿[4]。雾里梧桐一片。华灯簇处动笙歌。复道属车过[5]。

〔1〕拖:牵引。晚烟拖,谓晚烟牵成带状。

〔2〕鸤(zhī支)鹊:汉武帝所建观名。

〔3〕宜春院:唐长安宫内歌伎居住的院名。在京城东面东宫内。擅长歌舞的教坊女伎,被征调入院,常在皇帝前演奏。按,慈禧太后极喜看戏,在宫中建有戏台,并设有专门的戏班演出。

〔4〕披香殿:宫殿名。汉时及六朝时均属后宫。此泛指后宫的殿。

〔5〕复道:高楼间架空的通道,阁道。属车:古代帝王出行时的从

车,副车。指皇帝的御辇。过:读平声。

　　写晚清的宫廷生活。全仿北宋夏竦的应制词《喜迁莺》的格调,写宫中高华壮丽的气象,其寓意已晦莫能明。吴昌绶评:"词境甚高,如读唐人诗。"作于1907年秋。

蝶恋花

帘幕深深香雾重[1]。四照朱颜,银烛光浮动。一霎新欢千万种。人间今夜浑如梦[2]。　　小语灯前和目送[3]。密意芳心,不放罗帏空[4]。看取博山闲袅凤[5]。蒙蒙一气双烟共[6]。

〔1〕香雾:指室中爇炷沉香时产生的烟雾。
〔2〕"一霎"二句:"一霎"之短,"千万"之多,极写"新欢"之意。杜甫《羌村三首》之三:"夜阑更秉烛,相对如梦寐。"王词虽由此化出,然情调却异。
〔3〕目送:以目光送情。犹"目成"之意。
〔4〕空(kòng控):读去声。成空。
〔5〕博山:博山炉。古代的一种铜制香炉。上有盖,刻镂为山峦飞鸟之状。炉中爇香,烟自盖中孔穴冒出。闲袅凤:语见陈鹄《耆旧续闻》引李后主所书《临江仙》词:"炉香闲袅凤凰儿。"
〔6〕一气双烟:语见李白《杨叛儿》诗:"博山炉中沉香火,双烟一气凌紫霞。"陈沆《诗比兴笺》释曰:"香化成烟,凌入云霞,而双双一气,不

少变散,两情固结深矣。"此亦本词之意旨。

　　这是一首情词。重帘、香雾,浮动的烛光,蒙蒙的烟气,烘染出如梦如幻的气氛,表现了抒情主人公惝恍迷离的心境。至于是否有所寄托,则匪易探求了。作于1907年。

蝶恋花

手剔银灯惊炷短[1]。拥髻无言[2],脉脉生清怨[3]。此恨今宵争得浅。思量旧日深恩遍[4]。　　花影一帘和月转[5]。直恁凄凉,此境何曾惯。故拥绣衾遮素面。赚他醉里频频唤[6]。

〔1〕炷:灯中火炷,灯芯。炷短,意谓时间过去,夜已将深。
〔2〕拥髻:用手扶髻。伶玄《飞燕外传》:"通德(伶玄之妾)占袖,顾视烛影,以手拥髻,凄然泣下,不胜其悲。"
〔3〕脉脉:含情不语貌。清怨:静中的悲怨之情。
〔4〕"此恨"二句:意谓由于旧日恩爱之深,对比起今夜的无情,心中的怨恨就更深了。
〔5〕"花影"句:呼应"炷短",怨恨良宵虚度。
〔6〕"故拥"二句:素面,洁白的脸庞。赚,哄骗。用假象欺蒙。两句委曲地写出被冷落的情人的心理。语甚细腻。

　　此词写一位女子在夜里守着喝醉了的情人,心中充满了怨恨。大概作者是有所寄意的。以男女之情喻君臣关系,恐怕静安已是最后一批使用这种手法的诗人了。作于1907年。

蝶恋花

黯淡灯花开又落[1]。此夜云踪[2],终向谁边着。频弄玉钗思旧约[3]。知君未忍浑抛却。　　妾意苦专君苦博。君似朝阳,妾似倾阳藿[4]。但与百花相斗作[5]。君恩妾命原非薄[6]。

〔1〕灯花:古人谓结灯花则有喜讯。静安词中屡云灯花开落,以表现希望和失望的情绪。

〔2〕云踪:谓游子行踪如行云般无定。

〔3〕玉钗:古人常以为信物。此亦当为情人所赠者。

〔4〕倾阳藿:曹植《求通亲亲表》:"若葵藿之倾叶,太阳虽不为之回光,然终向之者,诚也。"因以喻忠爱的天性。藿,豆叶。藿并不倾日,然葵藿常连用,故类及之。

〔5〕斗作:喜乐戏耍。

〔6〕"君恩"句:上文既谓"云踪",又怨君意"苦博",此处却谓君恩"非薄",这大概就是所谓"忠爱之忱"吧。

此词比兴寄托之迹较显,写其"拳拳忠悃"之意。连静安也要借樊志厚之口,把"观物之微,托兴之深"作为自己诗词之特色,可见作者并非"专尚赋体"而反对比兴的。然静安此类有"寄托"之词,每受理性之干扰而失真,情与境俱浅,未能达到他所追求的"深微"之旨。作于1907年。

虞美人

碧苔深锁长门路[1]。总为蛾眉误[2]。自来积毁骨能销[3]。何况真红一点臂砂娇[4]。　　妾身但使分明在[5]。肯把朱颜悔。从今不复梦承恩。且自簪花坐赏镜中人。

〔1〕长门:汉朝宫殿名。汉司马相如《长门赋》序载,汉武帝陈皇后失宠,退居在长门宫,愁闷悲思,使人奉黄金百斤,请司马相如为作《长门赋》,以图感动武帝,复得亲幸。

〔2〕"总为"句:蛾眉,女子的眉细长弯曲,如蛾的触须。因以代指美人。《离骚》:"众女嫉余之蛾眉兮,谣诼谓余以善淫。"本词中着一"误"字,其意亦良苦了。

〔3〕积毁骨能销:语出《史记·张仪列传》:"众口铄金,积毁销骨。"形容毁谤交集,使人无以自存。

〔4〕臂砂:张华《博物志》卷四:"蜥蜴或名蝘蜓。以器养之,食以朱砂,体尽赤。所食满七斤,治捣万杵,点女人支体,终年不灭,惟房室事则灭,故号守宫。"守宫砂点于臂上,亦称臂砂。古人以为贞洁自持的象征。

〔5〕但使:只使,只要。分明:意谓自己保持节操、清白做人。

谣诼蛾眉,千古同慨。狷介执着的王静安,也许会有更深的感受吧。陈寅恪在《海宁王静安先生遗书序》中说:"古今中外志士仁人往往憔悴忧伤继之以死,其所伤之事,所死之故,不止局于一时间一地域而已,盖别有超越时间地域之理性存焉。而此超越时间地域之理性,必非其同时间地域之众人所能共喻。然则先生之志事多为世人所不解因而有是非之论者,又何足怪耶?"静安为世人所误解、诽谤,而终能独行己志,努力追求自己心目中的理想,在学术上取得杰出的成就,这是跟他倔强而执着的精神分不开的。本词真所谓"言近而指远,意决而辞婉"(《人间词·甲稿·序》),表现了词人最真切的内心世界。作于1907年。

蝶恋花

百尺朱楼临大道[1]。楼外轻雷[2],不间昏和晓。独倚阑干人窈窕。闲中数尽行人小[3]。　　一霎车尘生树杪。陌上楼头,都向尘中老[4]。薄晚西风吹雨到。明朝又是伤流潦[5]。

〔1〕百尺朱楼:极言楼之高,此当取其临高远望之意,并暗示楼中人高尚的品格。

〔2〕轻雷:喻车声。司马相如《长门赋》:"雷殷殷而响起兮,声像君之车音。"本词中或用此,寓思君之意。

〔3〕"独倚"二句:窈窕,《诗·周南·关雎》:"窈窕淑女,君子好逑。"形容女子的美好。"闲"字、"数"字表现女子的寂寞和期待。"小"字反衬朱楼之高。写出高楼俯瞰的神理。

〔4〕"都向"句:一"老"字为全词主旨。词人为自己年华渐老、志业

无成而惋伤,所感甚大,当不尽为离愁也。尘中,红尘之中,指纷闹的人世。

〔5〕"薄晚"二句:薄晚,临近夜晚。流潦(lǎo 老),指雨后路上流水或沟中积水。

下阕词意是说,楼外终日车过,依然不见游子归来,何况是流潦遍路、车马断绝的明朝呢!末二语极着力,极曲折。用意难明,虽然"隔",亦不失为佳制。

静安《人间词·乙稿·序》中,静安借樊志厚之名,称此词:"意境两忘,物我一体,高蹈乎八荒之表,而抗心于千秋之间。"细味之,则觉其用意虽深而用力太过,未免伤气。全词皆写楼中人无望的等待,下片牵入陌上行人作衬,是加倍写法。作于1907年秋。

蝶恋花

连岭去天知几尺[1]。岭上秦关,关上元时阙[2]。谁信京华尘里客[3]。独来绝塞看明月[4]? 如此高寒真欲绝。眼底千山,一半溶溶白。小立西风吹素帻[5]。人间几度生华发[6]。

〔1〕去天:古人形容山岭高峻,常谓其去天不远。李白《蜀道难》诗:"连峰去天不盈尺。"

〔2〕"岭上"二句:《日下旧闻考》卷一五四:"居庸关,世传始皇北筑时,居庸徙于此,故名。"

〔3〕京华尘:陆机《为顾彦先赠妇》诗:"京洛多风尘,素衣化为缁。"因以京华尘土指大都市的繁华。

〔4〕绝塞:辽远的关塞。《吕氏春秋》、《淮南子》皆谓居庸为九塞之一。

〔5〕素帻:白头巾。每用于凶事、丧事。帻,包头发的巾。时静安悼亡未久,仍在服中,故云。

〔6〕华发:花白头发。因风吹帽巾而想及华发,慨叹年华渐老。

此词当为登居庸关而作。写绝塞看月的情景,过片数语,从"明月照积雪"化出,然境更大,意更深,自是高格名句。《人间词话》所示"千古壮观"之境界,可评静安是词。月色、山色、素帻、华发,均从一"白"字写,更觉情景的高寒。词人孤峭的人格,高洁的襟怀,均于词中得之矣。1907年秋作于北京。

浣溪沙

漫作年时别泪看〔1〕。西窗蜡炬尚汍澜〔2〕。不堪重梦十年间〔3〕。　　斗柄又垂天直北,客愁坐逼岁将阑〔4〕。更无人解忆长安〔5〕。

〔1〕年时:年初。

〔2〕西窗蜡炬:李商隐《夜雨寄北》诗:"何当共剪西窗烛,却话巴山夜雨时。"后人因以为思念家人之典。汍澜:泪流貌。

〔3〕"不堪"句:静安与莫氏结缡时始二十岁,莫氏卒时,静安已三

十一岁了。"十年"二字,自有不堪回首之痛。

〔4〕"斗柄"二句:那北斗七星的斗柄,又垂在天空的正北面。客中的愁绪,在一年将尽时更为加剧了。斗柄,北斗七星中末三星,像斗之柄。《鹖冠子·环流》:"斗柄北指,天下皆冬。"直北,正北。坐逼,更逼。

〔5〕长安:唐帝国的京城。这里指北京。杜甫《月夜》诗:"遥怜小儿女,未解忆长安。"杜诗意谓孩子们还不能理解母亲对月怀人的心事。词中用此,谓妻子已逝,孩子们更不懂得怀念远客在外的父亲了。静安三子,长子潜明方八岁。

此词写岁暮中的客愁,中有刻骨之痛。静安悼亡词中,以此最为沉挚,盖其内涵亦更深厚也。读之令人掩卷怃然,不怡累日。当作于1907年冬。

谒金门

孤檠侧。诉尽十年踪迹[1]。残夜银釭无气力[2]。绿窗寒恻恻[3]。　　落叶瑶阶狼藉[4]。高树露华凝碧[5]。露点声疏人语密。旧欢无处觅[6]。

〔1〕"孤檠"二句:静安自光绪二十三年至三十三年间,行踪飘忽无定。二十三年赴杭州应乡试,不中;二十四年到上海依罗振玉;二十七年赴武昌农务学堂任译授,复赴日本留学;二十九年受聘于南通师范学堂;三十年就任江苏师范学堂教员;三十二年随罗振玉入京。诉,意谓自己向自己倾诉,非与友人忆旧。

〔2〕银釭(gāng刚):银灯。
〔3〕恻恻:这里形容寒意的凄切。
〔4〕瑶阶:玉阶。常以指宫殿的台阶。
〔5〕凝碧:凝成碧玉。喻浓绿。这里形容叶露。
〔6〕"露点声"二句:露点声,指零露之声。孟浩然《夏日南亭怀辛大》:"竹露滴清响。"两句写由夜乃晨的情景。极寂寞之意。"旧欢"一语,微露悼亡之旨。

此调用入声韵,繁弦促拍,宜于表现内心抑郁不伸的感情。试诵一过,当能体会到词人气结肠断的深悲。词字多用齿音,声情一致。静安自评其词"往复幽咽,动摇人心",观此信焉。作于1907年冬。

苏幕遮

倦凭栏,低拥髻。丰颊修眉,犹是年时意[1]。昨夜西窗残梦里。一霎幽欢[2],不似人间世[3]。　　恨来迟,防醒易。梦里惊疑,何况醒时际。凉月满窗人不寐。香印成灰[4],总作回肠字[5]。

〔1〕"倦凭栏"四句:拥髻,以手扶髻。写女子含愁之状。起四句为"昨夜"三句倒叙,写梦中与亡妻相见的情景。
〔2〕幽欢:语意相关。幽会中的欢娱,亦暗示幽冥中相见。
〔3〕人间世:人世。《庄子》有《人间世》篇。
〔4〕香印:指印香。制香时将香料置于印模中造型,印纹弯曲,有如

179

篆字,制成的香称印香、篆香。李煜《采桑子》:"绿窗冷静芳音断,香印成灰。"此亦以喻心灰意冷。

〔5〕回肠:形容内心的焦虑和痛苦。

开头即写梦境,然梦中已有凄凉之意,梦醒之后,更难以为怀。"梦里惊疑"四字,有无限悲凉。静安伉俪情深,于此可见。《人间词话》赞美"以血书"之文学,此真以血书者也。1907年冬作于北京。

虞美人

杜鹃千里啼春晚。故国春心断[1]。海门空阔月皑皑[2]。依旧素车白马夜潮来[3]。　山川城郭都非故。恩怨须臾误[4]。人间孤愤最难平[5]。消得几回潮落又潮生。

〔1〕"杜鹃"二句:杜鹃,传说古蜀帝杜宇,失国后化为杜鹃鸟,鸣声甚悲。后世常以喻失国之君。《成都记》载,杜宇称望帝,好稼穑。死后,其魂化为鸟,名曰杜鹃。春心,指芳春时的心事。《楚辞·招魂》:"目极千里兮伤春心。"又,李商隐《锦瑟》诗:"望帝春心托杜鹃。"两句写追怀故国时怆痛的情绪。

〔2〕海门:指钱塘江口。皑(ái挨)皑:洁白貌。

〔3〕素车白马:枚乘《七发》谓海潮"浩浩澄澄,如素车白马帷盖之张"。《录异记》载,伍子胥死后,海门山潮头汹高数百尺,有人见他乘素车白马在钱塘潮头上。后人用此典,常以喻时刻不忘故国的情绪。

〔4〕"山川"二句:上句典出陶潜《搜神后记》卷一。谓汉辽东人丁

令威学道成仙,化鹤归来。"徘徊空中而言曰:'有鸟有鸟丁令威,去家千年今始归。城郭如故人民非,何不学仙冢累累。'"两句写出代异时移之后,环境和人们感情的变化。

〔5〕孤愤:耿直孤行,愤世嫉俗。

这是一首眷念"故国"的词,充满了屈原式的孤愤。王国维在《屈子文学之精神》一文说:"屈子自赞曰廉贞……其于怀王又有一日之知遇,一疏再放,而终不能易其志。"他又一再赞美伍子胥死义的精神,看来他早已做好为清王朝"殉节"的打算了。1908年春,静安自北京返海宁,续娶潘氏为妻。此词当作于是年春暮。

菩萨蛮

西风水上摇征梦。舟轻不碍孤帆重。江阔树冥冥[1]。荒鸡叫雾醒[2]。　　舟穿妆阁底[3]。楼上佳人起。蓦入欲通辞[4]。数声柔橹枝。

〔1〕冥冥:昏暗貌。
〔2〕荒鸡:在半夜不按一定时间啼叫的鸡。《晋书·祖逖传》:"中夜闻荒鸡鸣。"
〔3〕妆阁:女子的闺房。江南水乡,女子的妆楼多临水际。
〔4〕通辞:致辞通意。曹植《洛神赋》:"无良媒以接欢兮,托微波而通辞。"

吴昌绶手钞本《人间词》，钞于宣统元年（1909）三月，录入此词。故此词当作于1908年秋。以纪梦为题材，追忆江南故里的生活。上片写水乡的晨景。过片二句，未至苏州、无锡一带的人，是无法体会其妙处的。收二句有"江上数蜂青"的神味。

蝶恋花

落落盘根真得地[1]。涧畔双松，相背呈奇态。势欲拚飞终复坠[2]。苍龙下饮东溪水[3]。　　溪上平冈千迭翠[4]。万树亭亭[5]，争作拏云势[6]。总为自家生意遂[7]。人间爱道为渠媚[8]。

〔1〕"落落"句：落落，稀疏貌。盘根，树木根干盘曲。得地，谓松根的生势与地相宜。首句本杜甫《古柏行》诗："落落盘踞真得地。"

〔2〕拚（fān 翻）飞：翻飞。上下飞翔。《诗·周颂·小毖》："拚飞维鸟。"朱熹《集传》："拚，飞貌。"

〔3〕苍龙：喻老松树。

〔4〕千迭翠：形容山上长满绿树，远望去层层叠叠。

〔5〕亭亭：耸立状。刘桢《赠从弟》诗："亭亭山上松，瑟瑟谷中风。"

〔6〕拏云：犹凌云。这里既形容松树枝干高耸之状，亦喻其志向高远。

〔7〕生意：生机。自家生意遂，当是静安毕生所追求的目标。

〔8〕渠：他。指人们。为渠媚，为他人而媚。

这是一首咏松的词,以涧边盘屈的双松与冈头争高的万树作比,写在不同环境中松树各种不同的生态,描画了一幅壮美的劲松图。末二句是全词的主旨。词人认为,松树的高低不同之态,都是为了适应生活环境的,而人们却凭自己的主观想象,把它们人格化了。作于1908年。

浣溪沙

已落芙蓉并叶凋[1]。半枯萧艾过墙高[2]。日斜孤馆易魂消[3]。　　坐觉清秋归荡荡[4],眼看白日去昭昭。人间争度渐长宵[5]。

〔1〕芙蓉:指荷花。
〔2〕萧艾:蒿类植物名。即艾蒿。《楚辞》中常以喻小人。
〔3〕孤馆:谓独处于馆舍中。
〔4〕坐觉:正觉,恰觉。荡荡:渺茫,空旷广远貌。
〔5〕"眼看"二句:昭昭,明亮。静安《出门》诗"白日昭昭未易昏",意虽相反而感慨则一。末二语意本《楚辞·九辩》:"去白日之昭昭兮,袭长夜之悠悠。"

写悲秋的情怀而不落俗套。以诗法入词,骨格硬朗。起二语,写景中有寓意,芙蓉萎谢,萧艾得时,正是清末政治局面的写照。然冠以"半枯"二字,深讽入骨。1908年秋作于北京。

蝶恋花

月到东南秋正半[1]。双阙中间[2],浩荡流银汉[3]。谁起水精帘下看。风前隐隐闻箫管[4]。　凉露湿衣风拂面[5]。坐爱清光,分照恩和怨[6]。苑柳宫槐浑一片。长门西去昭阳殿[7]。

〔1〕"月到"句:在北半球地区,秋天时月亮偏向东南。

〔2〕双阙:古代宫殿前的高建筑物,左右各一,建成高台,台上起楼观。以二阙之间有空缺,故名双阙。

〔3〕银汉:银河。秋天时,银河倾斜向西方的天空。

〔4〕"谁起"二句:水精帘,形容质地精细而色泽莹澈的帘子。上句写失宠的宫人。下句写君王在别殿作乐。即下文的"怨"与"恩"。

〔5〕"凉露"句:写出失宠者在露天凝情久立。

〔6〕"坐爱"二句:写同一明月照耀下两种不同的命运。

〔7〕"苑柳"二句:苑柳宫槐,喻承雨露之恩者。长门,汉武帝的陈皇后失宠,居于长门宫中。因以指失宠后妃的居处。昭阳殿,汉成帝皇后赵飞燕所居,因以指得宠者承恩之处。两句补足"恩"、"怨"之意。或谓为影射珍妃之事。

借用宫词的体裁,以寓对"君国"的情思。封建宫廷中,专制君主和宫人的关系,纯粹是主奴关系,宫人们仰承君主的鼻息,盼望能得到恩宠,这与文人们希冀进入朝廷,谋取官位是一致的,所以历来文人宫词中的宫怨,实质上也就是文人失意时的怨愤。作于1908年秋。

菩萨蛮

回廊小立秋将半。婆娑树影当阶乱[1]。高树是东家[2]。月华笼露华[3]。　　碧阑干十二。都作回肠字[4]。独有倚阑人。断肠君不闻[5]。

〔1〕婆娑:扶疏,纷披。

〔2〕东家:指东邻美女。宋玉《登徒子好色赋》:"天下之佳人,莫若楚国;楚国之丽者,莫若臣里;臣里之美者,莫若臣东家之子。"谓承恩者。

〔3〕露华:露的美称。旧诗词中用此,每指花上的清露。

〔4〕"碧阑"二句:十二,极言其曲处之多。《西洲曲》:"楼高望不见,尽日栏杆头。栏杆十二曲,垂手明如玉。"以阑干之曲比喻肠的回转。

〔5〕君:指倚阑人所思念的人。

本词所写的也是上首《蝶恋花》词的"恩"、"怨"之意,但更为凄婉,盖其怨亦深矣。下片之意亦屡见于前人诗词中。碧阑、倚阑,回肠、断肠,从字面取巧,格调不高。作于1908年秋。

百字令

戊午题孙隘庵南窗寄傲图

楚灵均后[1],数柴桑、第一伤心人物[2]。招屈亭前千古水,流向浔阳百折[3]。夷叔西陵,山阳下国,此恨那堪说[4]。寂寥千载,有人同此伊郁[5]。　　堪叹招隐图成,赤明龙汉,小劫须臾阅[6]。试与披图寻甲子[7],尚记义熙年月[8]。归鸟心期,孤云身世,容易成华发[9]。乔松无恙[10],素心还问霜杰[11]。

[1] 灵均:屈原的字。《楚辞·离骚》:"名余曰正则兮,字余曰灵均。"

[2] 柴桑:古县名。在今江西九江市西南。晋诗人陶渊明故里在柴桑栗里原,因以柴桑代称陶渊明。陶在东晋亡后,隐居不仕,缅怀故国,与屈原同调。

[3] "招屈"二句:招屈亭,亭在湖南常德,相传于屈原投水处为招屈原之魂而建。浔阳,即今九江。两句意说,陶渊明是屈原的继承者,陶诗是沿着《楚辞》一脉而来的。

[4] "夷叔"三句:夷叔,伯夷和叔齐,商朝末年孤竹君之二子。周灭商后,伯夷、叔齐隐于西山(即首阳山),采薇而食,终于饿死。后世把他们作为亡国遗臣的代表人物。陶渊明《饮酒》诗之二:"积善云有报,夷叔在西山。"西陵,指西山。山阳,县名。故城在今河南修武县西北。

汉建安二十五年,曹丕废汉献帝为山阳公。下国,诸侯国。陶渊明《述酒》诗:"山阳归下国,成名犹不早。"《晋书·恭帝纪》载,刘裕迫恭帝禅让,"以帝为零陵王"。陶诗即咏此事。词中以夷叔喻晋朝的遗老,以山阳公喻被刘裕废黜的晋恭帝,亦暗喻清废帝溥仪。

〔5〕"寂寥"二句:伊郁,愤懑,忧烦。两句暗用陶渊明《咏贫士》诗:"从来将千载,未复见斯俦。"意说,孙隘庵也像陶渊明那样,念念不忘覆灭了的王朝,心中充满着悲愤。

〔6〕"堪叹"三句:招隐,招人归隐。晋左思、陆机有《招隐》诗。招隐图,指《南窗寄傲图》。赤明龙汉,道教的年号。《隋书·经籍志四》:"天地沦坏,劫数终尽……然其开劫,非一度矣,故有延康、赤明、龙汉、开皇,是其年号。其间相去四十一亿万载。"小劫,佛经谓天地的形成到毁灭谓之劫。《智度论》卷三八:"时节岁数,名为小劫。"三句叹息清王朝的覆灭。

〔7〕甲子:甲为天干首位,子为地支首位,以干支相配,可得六十数,统称六十甲子。甲子用以纪岁月。

〔8〕义熙:晋安帝的年号(405—418)。义熙十四年戊午十二月,宋王刘裕杀安帝,立恭帝,逾年,晋室遂亡。沈约、萧统谓陶渊明之作,"义熙以前书晋年号,永初以来惟书甲子",以示其"易代抗节"之意,后人因用"义熙年月"为眷怀故国之典。静安题《南窗寄傲图》,亦在戊午年,故称"义熙年月",以寄寓对覆灭了的清王朝的怀念。

〔9〕"归鸟"三句:归鸟,陶渊明有《归鸟》诗,抒写"倦飞知还"的心事,与《归去来兮辞》同意。心期,心愿。孤云,陶渊明有《咏贫士》诗七首,其一云:"万族各有托,孤云独无依。"以孤云自喻,寄寓"宁忍饥寒以守志节"之意。三句写归隐田园,固穷终老之志。

〔10〕乔松:陶诗中多以松柏自喻,以寄其高尚的志节。《归去来兮辞》:"三径就荒,松菊犹存。""抚孤松而盘桓。"

〔11〕素心:淡泊的心地。陶渊明《移居》诗之一:"闻多素心人,乐与数晨夕。"霜杰:指松树。陶渊明《和郭主簿》诗:"芳菊开林耀,青松冠岩列。怀此贞秀姿,卓为霜下杰。"

静安在1911年辛亥革命爆发后,携眷随罗振玉移居日本京都,专治经史之学。1916年回国后,为《学术杂志》编辑,继续从事甲骨文及考古学的研究。本词作于1918年。词中借题图以寄寓"亡图遗臣"的感慨。孙隘庵,即孙德谦(1873—1935),字受之、寿芝,江苏苏州仁和人。精研经史,能书画。历任上海政法、大夏、交通等大学教授。与张尔田、王国维同为沈曾植所赏,被称为"三君"。题中所言"南窗寄傲",语见陶潜《归去来兮辞》:"倚南窗以寄傲,审容膝之易安。"静安词中亦多用陶诗中语。